今宵、狼神様の契約花嫁が身籠りまして

三沢ケイ

STARTS
スターツ出版株式会社

目次

今宵、狼神様の契約花嫁が身籠りまして

第一章　狼神様と波乱の幕開け

◆◆ 1

外が明るい気がして、ふと顔を上げて窓の外を見る。先ほどまで広がっていた雲は、いつの間にかなくなっていた。

「今日は満月か」

お饅頭《まんじゅう》のようにまん丸の月が、空に浮かんでいるのが見えた。ベランダに置かれたプランターが月明かりに照らされている。

「礼也《れいや》さん、遅いなあ」

今夜は一緒に映画鑑賞しようねと約束していたのに。

時計を見ると、時刻はすでに十一時近い。今日は、手強《てごわ》い相手だったのだろうか。

なんとなく気になり、視聴していた映画を停止してベランダへと出る。晩秋の風がひんやりと頬《ほお》を撫《な》でた。

我が家は都心の住宅街にあるけれど、こんな場所でも虫は逞《たくま》しく生きているようだ。どこからかリーン、リーンと鳴き声が聞こえてくる。

(虫の鳴き声って求愛の合図なんだっけ?)

真偽のほどは定かではないが、昔、そんな話を聞いたことがある。

「我が家の旦那様は一体どこに行っちゃったんでしょうね?」

急にひとりで待っているのが寂しくなり、独りごちる。その問いには誰も答えることはなく、辺りには虫の声だけが響いている。

ベランダから身を乗り出し駅からマンションへの通りに目をこらしたけれど、人影は見えなかった。

(冷えてきたな)

そろそろ戻ろうと思ったそのときだ。

——ザザッ！

強い風が吹き、背後でなにかがトンッと着地する音がした。驚いた陽茉莉《ひまり》は、ハッと振り返る。

そこにいたのは、大きなオオカミだった。こちらをまっすぐ見つめ、白銀の毛並みは月明かりの下で鈍く光っている。

「礼也さん？」

おずおずと陽茉莉が呼びかけると、そのオオカミは一瞬にして人間へと姿を変える。

「陽茉莉、ただいま」

忽然《こつぜん》と消えたオオカミの代わりに姿を現したのは、待ち人である陽茉莉の旦那様——相澤《あいざわ》礼也その人だった。風になびく髪は、先ほどのオオカミと同じ銀色だ。

(ここ、三階だよ？　周囲に足がかりになる木もないのに！)

まさか、ベランダから現れるなんて想定外。この登場にはさすがの陽茉莉も驚いた。

「びっくりしました」

「陽茉莉がいるのが見えたから。俺のことが待ちきれなくて、外に出ていたんだろ？」

相澤は当然そうであると断定するように、陽茉莉に尋ねる。

（なんてまあ、自信家！）

こちらを見つめる相澤の瞳は、陽茉莉の答えを見透かしているように見える。

「そんなことは……、ありますけどね」

ちょっと悔しくて素っ気なく答えると、相澤の口の端が上がる。

こちらに一歩近づくと、ふわりと抱きしめられた。

「陽茉莉、可愛い」

「そのわりに、約束をすっぽかされて放置されましたけど」

今日は一緒に映画を見ようねって前から約束していたのに。

優しく抱きしめられると、約束をすっぽかされたこともすっかり許してしまう。けれど、やられっぱなしが悔しくてわざと拗《す》ねたような態度を見せる。

まあ、今日の件に関しては邪鬼《じゃき》退治の緊急呼び出しだったので彼には責任がない。

仕方ないってわかっているのだけれど。

「拗ねているのか？　本当に可愛い」

なぜか先ほどよりも嬉しそうに目を細める相澤の背後に、左右に揺れるオオカミの尻尾が見えた。これはとても機嫌がいい証拠だ。

「礼也さんは機嫌いいね」

「まあね。俺の花嫁が今日も最高に可愛いから」

そう言った相澤は、ひょいっと陽茉莉を抱き上げた。そして、軽々と抱いたまま家の中へと入ってゆく。

「約束破ったおわびに、今夜は俺のことしか考えられないようにしてやるよ」

強烈な色気を放ちながら言われた台詞《せりふ》に、ゾクッとした。

「え？　あの……、映画鑑賞は？」

動揺を隠すように、陽茉莉は聞き返す。一方の相澤は陽茉莉の問いかけを無視して歩き出した。

「礼也さん、ちょっと待って——」

「嫌だ。待たない」

寝室に連れ込まれて乱暴にベッドに押し倒された陽茉莉は、覆い被さる相澤をじとっと見る。

「意地悪」

「嫌？」

「嫌……じゃないです」

「意地悪されて、嫌じゃないんだ？」

ふっと相澤の口元に笑みが浮かぶ。

まるでその答えを予想していたかのような態度に、恥ずかしさから顔が上気するのを感じた。

(今日の礼也さん、本当に意地悪っ！)

狼神様である相澤は満月の夜になると性格までオオカミになる。いつもより強引で、意地悪なのだ。

けれど悔しいことに、ちっともそれが嫌じゃないから困ってしまう。

赤くなった顔を見られるのがおもしろくなくてそっぽを向く。

「陽茉莉、こっち向いて」

ちらりと視線を向けると、熱を孕《はら》んだ眼差しと視線が絡み合う。

「映画は後で見よう。今は陽茉莉を感じたい。いいだろ？」

同意を求めるような視線を向けられ、陽茉莉はなにも言えなくなる。本当は決定事項になっているくせに、こういう場面で陽茉莉の同意を求めるなんてあざとすぎる。

「もう、仕方ないなあ」

作戦だとはわかっていても結局折れてしまう。

「陽茉莉。愛しているよ」

「私も……好きですよ」

（映画は……、また今度かな）

経験上、今夜この後、ふたりで映画を見る未来がまったく見えない。

「俺といるのに、他のこと考えているなんて、妬《や》けるね」

「え？」

妬けるもなにも、あなたといつ映画を見られるかと──。

そんな陽茉莉の言い訳は、容易《たやす》く封じられてしまう。性急に唇が重ねられ、それはすぐに深いものへと変わった。何度も何度もキスをされる。

ちょっと意地悪な態度とは裏腹に、蕩《とろ》けるような愛撫《あいぶ》も、こちらを見つめる熱を孕んだ眼差しも、肌を滑る手も、そのすべてが優しい。愛されていることを全身で感じられ、陽茉莉は容易に蕩けてしまう。

「礼也さん……好き……」

相澤の口が、弧を描く。

レースカーテン越しに、丸い月が浮かんでいるのが見える。

狼神様の寵愛《ちょうあい》と独占欲は、想像以上に深いようです。

◇　◇　◇

新山《にいやま》陽茉莉が狼神様である相澤礼也から愛されるようになったきっかけは、半年ほど前に遡《さかのぼ》る。

陽茉莉の母方の本家は代々神主をしており、陽茉莉はいわゆる神力《しんりき》が強い。幼い頃から人ならざる邪悪なもの——邪鬼が見えるという特殊体質だった。

そして、神力が高い人間は邪鬼から襲われやすいという一面も持つ。

ある日、邪鬼に襲われているところを相澤に助けられたのだが、相澤は実はオオカミのあやかしで、神使の指令をもとに現世で邪鬼たちを退治する裏の顔を持っていたのだ。邪鬼から身を守る条件として仮初《かりそ》めの花嫁となった陽茉莉は、次第に相澤と思いを通わせるようになった。

あやかしはいつくかの条件を満たすと神へと昇華《しょうか》する。その条件のひとつに〝生涯でひとりと決めた相手と、命をかけるほどの強い思いを通じ合わせる〟というものがある。結果的に陽茉莉と思いを通じ合わせた相澤は狼神様へと昇華し、陽茉莉は相澤の本当の花嫁となった。

（我ながら、おとぎ話みたいな話だよね）

自分の身に起こったことは間違いなく現実なのだけれど、今でもたまに夢なのではないかと思ってしまう。

会社の自席でパソコンに向かっていると、画面の端にスケジューラのポップアップが表示された。

（あ、そろそろ会議に行かないと）

立ち上がった拍子に、ふたつ隣の席が目に入る。そこは職場では上司でもある相澤の席なのだが、どこかに行ってしまったようで不在だった。

（打ち合わせかな？）

今日はただの進捗会議なので、後で内容を共有すれば問題ないだろう。

会議室に向かうためにエレベーターを待っていると、ちょうど来たエレベーターの中から相澤が降りてきた。目が合うと〝爽《さわ》やか〟という三文字を具現化したような笑顔でにこりと微笑みかけられる。

「これから会議？」

「はい。ネクサスサロンの案件で」

「ああ、あれ。ご苦労さん」

「はい。ありがとうございます」

陽茉莉は軽く会釈をして、まだ開きっぱなしのエレベーターに慌てて乗り込む。静かに扉が閉まると、もともと乗っていた女性社員ふたり組が堰《せき》を切ったようにしゃべりだした。

「相澤さん、やっぱりいつ見ても格好いいよねー」

〝相澤さん〟という名前が聞こえ、ドキンとして耳をそばだてる。

「だよね。爽やかなのは前からだけど、最近はさらに男の色っぽさが出てきたというか。噂《うわさ》だと結婚を前提にお付き合いしている方と一緒に住んでいるらしいから、そのせい？」

「奥さんになる方、どんな人なんだろ？　あんな素敵な旦那様、羨ましいー！」

「そりゃあ、めちゃくちゃ美人で気の利く、才色兼備のお嬢様なんじゃない？」

エレベーターが止まり、チーンという音と共にドアが開く。きゃっきゃとおしゃべりをしていたふたりはそこで降りると、事務所のほうへと消えていった。

（うーん、気まずい……）

誰が見ているわけでもないのに、陽茉莉は持っていたバインダーで顔を隠す。

相澤が狼神様に昇華した今、陽茉莉は間違いなく相澤の花嫁だ。けれど、現実世界での入籍はまだ済ませていなかった。

（その〝めちゃくちゃ美人で気の利く、才色兼備のお嬢様〟の想像をぶち壊しにするお相手はここにいるんです……）

周りの人たちの期待度が高すぎて、本当のことは口が裂けても言えないと思った。

◇◇◇

その日の晩のこと。

陽茉莉は自宅で夕ご飯の煮込みハンバーグを作っていた。

「お姉ちゃん、これくらいでいい？」

フライパンでみじん切りにした玉ねぎを指さしてそう聞いてきたのは、お手伝いをしてくれている悠翔《ゆうと》だ。

悠翔は相澤の歳の離れた弟で、小学二年生だ。もともと相澤と悠翔がふたりで暮らしていたこのマンションに陽茉莉が転がり込んだので、今は三人で暮らしている。

そして、悠翔も相澤と同じくオオカミのあやかしだ。

「うーん、もうちょっとかな」

玉ねぎはじっくりと炒めて飴色《あめいろ》にするのが甘みを引き出す美味《おい》しさのコツだ。もう少しだけ色が欲しい。

「じゃあ、もうちょっと頑張る」

悠翔は持っていたスパチュラで再び玉ねぎを炒め始める。まだ背が小さいので、木製の小さな台に乗ってのお手伝いだ。

「うん。悠翔君ありがとうね。すっごく助かる」

「うん」

こちらを見上げて返事をする悠翔の尻尾が揺れる。褒められて嬉しくなるとついつい尻尾が出てしまうのが、本当に可愛い。

（よし。この間にパンプキンポタージュを作ろうかな）

陽茉莉はコンソメスープで柔らかく煮込んでいたかぼちゃをハンドブレンダーにかけてなめらかにすると、牛乳で溶いてゆく。

そうこうする間に玉ねぎを炒め終えた悠翔が、陽茉莉の手元を覗き込んできた。

「あ。僕このスープ好き。甘いから」

「うん、甘いよね。これ、お砂糖は入れてないんだよ。かぼちゃの甘さなの」

「へえ、そうなの？　かぼちゃって甘いんだね」

悠翔は目を丸くした。

玉ねぎのみじん切りは悠翔の頑張りで美しい飴色に変わる。陽茉莉はそれをボウルに入れて冷ますと、挽き肉と卵、牛乳に浸したパン粉などと混ぜ合わせて粘りが出るまで練った。

「悠翔君、丸めるの一緒にやる？」

「やっていいの？」

「いいよ。まあるくお団子にしたら、パンパンって両手で交互にキャッチして中の空気を抜くの」

陽茉莉がボールをキャッチするのかのようにやってみせると、悠翔は目を輝かせる。

「うん、僕もやりたい」

（うーん、今日も可愛い！）

目を輝かせて一生懸命お団子にしている悠翔を見ていると、ほっこりとした気分になる。

全部のお肉を成形すると、熱してあったフライパンに入れた。じゅわっという、聞いているだけでお腹が空くような美味しい音がする。

「あとはなにをするの？」

「焼き目をつけたら煮込むだけだから、しばらく待ちかな」

「わかった。じゃあ、僕は向こうで遊んでいていい？」

「うん、いいよ。できあがったら呼ぶね」

「うん！」

悠翔は大きく頷《うなず》くと、ぱたぱたとリビングのほうへ駆けてゆく。

キッチンに残った陽茉莉はフライパンの上で焼かれるお肉をひっくり返す。表面にはこんがりといい具合に焼き色がついていた。

「よしっ、いい感じ」

フライパンの隙間にたっぷりときのこを散らし、赤ワインとデミグラスソースを加えて煮込んでゆく。きのこたっぷりの煮込みハンバーグは食卓に秋らしさを醸し出すので、この季節の定番だ。

「陽茉莉。ただいま」

料理に夢中になっていると、不意に呼びかけられた。

「あ、礼也さん。お帰りなさい」

キッチンとリビングをつなぐカウンターのほうを見ると、相澤がいた。陽茉莉は気付かなかったけれど少し前に帰ってきていたようで、すでに私服に着替えている。

相澤はキッチンに入ってくると、斜め後ろから陽茉莉の手元を覗き込む。

「いい匂いだね」

「はい。煮込みハンバーグにしてみました。きのこたっぷりです。礼也さん、好きですよね？」

「うん。楽しみ」

相澤は陽茉莉を包み込むように、背後から抱きしめる。

ある程度煮詰まってくると適宜かき混ぜないとソースが焦げてしまうのだが、相澤のことが気になってしまい、つい手が止まってしまう。顎に手が添えられると強引に後ろを向かされ、唇を塞《ふさ》がれた。

「れ、礼也さん。悠翔君がいます」

真っ赤になった陽茉莉はあわあわしながら相澤から距離を取ろうと身じろぐ。体を捩《よじ》らせると、相澤の胸を押し返した。

「テレビに夢中になっていたよ」

「でも――」

陽茉莉の反論はそれ以上続かなかった。再び重なった唇から伝わる熱は容易く陽茉莉を蕩けさせる。

陽茉莉はちょうど手に触れた相澤のシャツを、ぎゅっと握りしめた。


――その五分後。

フライパンを覗き込んだ悠翔が怪訝《けげん》な声をあげる。

「お姉ちゃん、焦がしちゃったの？」

「ちょっとボーッとしちゃって。ごめんね」

陽茉莉は心の動揺を必死で隠しながら、両手を顔の前で合わせて謝る。

フライパンの端のソースは少し焦げついてしまっていた。ただ、全体的にはさほど被害のないレベルなので味は大丈夫だと思う。

「ううん、大丈夫。美味しそうだよ」

悠翔は盛りつけたハンバーグを受け取ると、嬉々《きき》としてテーブルに運ぶ。

その後ろ姿を見送り、陽茉莉はじとっと隣を見上げた。

「もうっ！　礼也さんのせいですよ」

「陽茉莉が可愛いから仕方がない。不可抗力だな」

相澤はにこりと笑うと、さらりとそう宣《のたま》った。絶対に悪かったと思っていない。

むしろ、先ほどから左右に揺れているふわふわの尻尾から判断するに、ご機嫌である。

「ちょっとはセーブしてください」

「最大限セーブしている」

相澤は大真面目な顔で答える。

最大限セーブしている？　この人は悠翔がいなかったら一体どうなってしまうのだろうか。

「仕方がないなあ」

「愛しているよ。俺の奥さん」

ご飯をよそうのを手伝ってくれていた相澤は陽茉莉の頬に触れるだけのキスをすると、茶碗《ちゃわん》をテーブルへと運んでゆく。

陽茉莉はふうっと息を吐く。

（あんまり強く怒れないところ、私も礼也さんにベタ惚《ぼ》れだなあ）

陽茉莉は内心苦笑したのだった。


夕食を終えた陽茉莉は台所を覗く。シンクの前では腕まくりした相澤が使い終えた皿を水で流していた。

夕ご飯を作るのはいつも陽茉莉の役目だけれど、その代わりに相澤は後片付けを率先してやってくれる。こういう気遣いができるところは相澤の魅力のひとつだ。

ふとカウンターを見て、明日の朝食のパンを切らしていることに気付く。

「礼也さん、私ちょっとコンビニ行ってきますね」

「なんで？」

相澤は手元を動かしたまま、顔だけを陽茉莉のほうに向けた。

「明日の朝食に食べるパンがありませんでした」

「本当だ。会社帰りに買ってくればよかった」

相澤はパンの定位置であるカウンターの上に視線を移し、肩を竦《すく》める。

「ひとりで大丈夫か？」

「大丈夫ですよ。行ってきます！」

陽茉莉は元気に頷くと、鞄《かばん》から財布だけを取り出しポケットに突っ込む。コンビニまでは徒歩五分もかからない。鞄を持っていくまでもないだろう。

(パンと牛乳とハムと……)

コンビニに到着した陽茉莉は朝食に使う食材を買い物カゴへと入れてゆく。お会計を済ませて店の外に出ると、夜の冷たい風が頬を撫でた。

(よし。さっさと帰ろう)

マンションに向かって陽茉莉は歩き始める。そのとき、「ヒヒッ」と嫌な声が聞こえてきた。

(今の、邪鬼の声？　札を……)

鞄から札を出そうとしてサーッと血の気が引くのを感じた。

(鞄、置いてきちゃった……)

邪鬼を祓《はら》うためには祓除《ばつじょ》札と呼ばれる特別なお札を使う。陽茉莉はその祓除札を作ることができる数少ない祓除師のひとりだった。邪鬼から襲われやすい陽茉莉を守ってくれる相澤の役に立ちたくて、自ら望んで祓除師になった。

祓除師は祓除札の他にも様々な効能を持つ札を作ることができ、それらを使い分けて邪鬼を祓うのだ。

　ただ、神力が強い祓除師は邪鬼から狙われやすい。邪鬼はこの世に未練が残った死者が悪霊化したものなので、彼らは〝体〟を探している。神力が強い人間は乗っ取るのに最高の体をしているのだ。

　そのため、陽茉莉は普段から相澤が作ってくれた特製のお守りを持ち歩いていた。けれど、お守りも鞄に入れているので今は持っていないことに気が付く。

「チョウダイ」

　先ほどの邪鬼が近づいてくる。

「ひっ！」

　祓除札がなければ、祓除師であっても邪鬼を祓うことはできない。

　陽茉莉はとっさに逃げようとしたが、その前に邪鬼が陽茉莉に縋《すが》りついてくる。

「やだ、助けて！」

　足を取られて体がよろめく。持っていたコンビニのレジ袋が地面に落ちた。

「礼也さん！」

　そう叫ぶのとほぼ同時に、陽茉莉に縋りついていた邪鬼が「ギャア」と悲鳴をあげて、掴まれている感覚が消えた。

「陽茉莉！　大丈夫か!?」

　慌てた様子で陽茉莉を助け起こしたのは、家にいるはずの相澤だった。

陽茉莉を抱き寄せると、ぎゅっと抱きしめて背中を撫でる。ふわっと風が触れるような感覚がして、腰のあたりの重さが消えた。相澤が、邪鬼に触れられたことによる穢《けが》れを祓ってくれたのだ。

「なんとなく心配で見に来たんだけど……無事でよかった」

ほっとしたように呟《つぶや》く、小さな声が聞こえた。

「礼也さんごめんなさい。すぐ近くだからって、お守りもお札も持つのを忘れて……」

「いや、俺こそ陽茉莉をひとりで行かせて悪かった」

相澤はもう一度、陽茉莉の無事を確認するようにぎゅっと抱き寄せる。

陽茉莉は大人の女性なのだから、近所のコンビニくらいひとりで行けて当たり前だ。相澤はいつもこうして陽茉莉を過保護に甘やかし、守ってくれる。そのことに安心感を覚えると共に、未だに守られてばかりなことに申し訳なさも感じた。

「私、礼也さんに守られてばっかりですね」

「いいよ。陽茉莉のことを守るのは、俺の役目だろう？」

相澤は陽茉莉を慰めるように頭を撫でると、落ちていたコンビニの袋を拾い上げる。

「帰ろうか。お風呂もセットしておいたから、多分帰る頃には沸いているよ」

コンビニの袋を持っているのとは逆の手で、相澤は陽茉莉の手を握る。ふたりは並んで歩き始めた。

「……そういえば今日、新作の入浴剤の試作品をもらったんですよ」

陽茉莉と相澤の勤務先であるアレーズコーポレーションは総合リラクゼーション企業なので、日々様々なリラクゼーション用品を開発している。そして、営業部にいると商品開発部から様々な試作品をもらえるのだ。もちろん、使用後の感想をフィードバックするようにとの条件付きだけれど。

「へえ、使ってみようか」

「はい。世界の温泉シリーズらしいですよ」

「世界の温泉？　日本の温泉ならよく見かけるけど、世界の温泉は珍しいな」

「チェコのカルロヴィ・ヴァリだそうです」

「世界的に有名な温泉地だな。行ったことがないから、本当にそこの温泉と似ているのか判断できないのが残念だ」

相澤は少し肩を竦める。

「私も行ったことないです。チェコは綺麗な町並みのイメージがあるから、いつか行ってみたいな」

「行く？」

「え？」

まるで近所の公園に行こうと誘われているかのような軽いノリに、陽茉莉は驚いて相澤を見返す。

「新婚旅行。行き先決めてないだろ？　陽茉莉の行きたいところでいいよ。どこがいい？」

（新婚旅行……）

以前は恋人もいないのにヨーロッパのお城に行きたいだとか、オーストラリアでコアラを抱っこしたいだとか、モルディブで水上コテージに泊まってみたいだとか色々と空想したものだ。けれど、いざ行くとなるとどこがいいかと迷ってしまう。

「礼也さんは行きたいところないんですか？」

「そうだな、陽茉莉とゆっくりいちゃいちゃできるところがいいな」

「なっ！」

途端に真っ赤になった陽茉莉を見て、相澤はくっと肩を揺らす。どうやらからかわれたようだ。

家に着くと、陽茉莉は早速牛乳を冷蔵庫にしまう。落としたけれど角が少し凹んだだけで済んだのでほっとした。

「そういえば、明日なんだけど――」

キッチンにいる陽茉莉のもとに相澤が近づいてきて、声をかける。

「明日？」

明日は土曜日なので、ふたりで陽茉莉の両親に結婚の報告をしに行く予定なのだ。

「手土産は福星《ふくほし》の和菓子にしようと思っているんだ。どうかな？」

「福星ですか。いいと思います！　うちの両親は高級和菓子なんて滅多に食べないから、喜びますよ」

福星は老舗高級和菓子店で、繊細な意匠《いしょう》の練《ね》り切《き》りや最中《もなか》などが有名だ。とても美味しいのだけれどひとつ数百円するので、特別な日でないとなかなか口にすることはない。

陽茉莉が笑顔で同意すると、相澤は「よかった」とほっとしたように表情を緩める。

（あれ？）

陽茉莉はその様子を見て、おやっと思った。いつもと少し違うように感じたのだ。

「……礼也さん、もしかして少し緊張しています？」

「そりゃあね。大丈夫だとは思っているけれど、万が一『娘はやらない』って言われたら大変だから」

相澤は少しばつが悪そうに頭に手をやる。

（礼也さんでもそんなことを心配するんだ……）

いつもの自信に満ちあふれた姿からは想像もできない一面を知って、愛しさが込み上げる。

「大丈夫ですよ。それに、そんなこと言われたらお父さんと絶交です」

「そんなことさせない。陽茉莉とのことはご両親に祝福されたい」

相澤はわずかに眉根を寄せると、先ほどの不安げな様子から一転して真摯《しんし》な眼差しを陽茉莉に向ける。

「絶対に世界一幸せな花嫁にする」

まっすぐに見つめられ、ドキンと胸が跳ねる。まるでプロポーズのような台詞に、頬が赤らむのを感じた。

「……うん」

「陽茉莉、愛しているよ」

秀麗な顔が近づき、そっとキスをされた。

◆◆ 2

陽茉莉の実家は都心部から電車で三十分ほどの郊外にある。駅前には商店街があるものの、それ以外は閑静な住宅地が広がる典型的なベッドタウンだ。

「ここ、懐かしいな」

幅五メートルほどの道路の両側に小さな商店がひしめき合う商店街を歩いていると、

相澤が呟くのが聞こえた。

「来たことあります？」

「ずっと昔ね。陽茉莉にもう一度会いたくて、来た」

「あっ……」

すぐになにを言っているのかわかった。

陽茉莉にとって相澤は会社の上司として会うのが初めてだったが、相澤にとっての陽茉莉は小さな頃に出会った初恋の相手だったという。邪鬼と戦って傷つき、オオカミの姿で動けなくなっていたところを助けてくれた女の子──それが陽茉莉だった。

陽茉莉はそのとき、助けたのはただの犬だと思っていたのでそれには気付いていなかったけれど。

相澤は元気になった後、陽茉莉に会いたくてこの町を訪れたと以前言っていた。けれど、陽茉莉の家族はすぐ近くの家に引っ越していたため、結局会えずじまいだった。

「あのときは本当にがっかりしたな。二度と陽茉莉と会えないと思って、落ち込んだ」

相澤は握っていた陽茉莉の手を持ち上げると、手の甲にキスをする。大切な宝物を慈《いつく》しむかのような優しい触れ方に、胸がきゅんとした。

「……ずっと気にかけてくださってありがとうございます」

そんな些細《ささい》な出会い、普通なら時の流れと共に忘れてしまう。けれど、相澤はたった一度しか会っていない陽茉莉が自分の唯一に違いないと確信し、会えなくなった後もずっと気にかけていたそうだ。そして、陽茉莉がアレーズコーポレーションに入社したことを偶然知ると、邪鬼に襲われやすい陽茉莉を守るために転職までして、陰から守ってくれていたのだ。

目が合うとにこりと優しく微笑みかけられて、また愛しさが込み上げた。

「陽茉莉がこんな素敵な人を連れてくるなんてねえ」

上機嫌で、先ほどからずっと同じ台詞を繰り返しているのは陽茉莉の母親だ。男っ気がまったくなかった娘が初めて『紹介したい男性がいる』と言うからどんな人なのかと不安半分だったが、実際に会った相澤はそんな不安をすっかり払拭《ふっしょく》してくれたようだ。終始にこにことしている。

父親は長女である陽茉莉を嫁がせるということに対して心中複雑なようで、母親のような上機嫌ではなかった。けれど、どうやらろくでもない男に引っかかったわけではないということは確信できたようで、ほっとした様子だ。

玄関のほうからドタバタと足音がする。

「あー、お姉ちゃんの彼氏？　うわー、かっこいい！」

外から帰ってきたのは、陽茉莉の一番下の妹である皐月《さつき》だ。四人兄弟なこともあり、一番上の陽茉莉と末っ子の皐月は歳が離れている。皐月はまだ中学生だ。

「こら、皐月！　きちんとご挨拶しなさい」

母親が慌てて叱ると、皐月は「はーい。妹の皐月です」と取ってつけたような挨拶をして陽気に笑う。そして、近寄ってくると興味深げに相澤と陽茉莉を見比べた。

「ねえねえ、お姉ちゃんとどこで知り合ったの？　どっちから好きって言ったの？」

これくらいの年頃の子は遠慮がない。両親ですらなかなかはっきりとは聞けなかったことを、いともあっさりと聞いてしまう。

「困っていたときに助けてもらったのが出会いだよ。俺のひと目惚れかな」

相澤はにこりと微笑むと、さらりと『俺のひと目惚れ』と言ってのけた。そのはっきりとした言葉に、思春期の皐月は両手を口に当てる。

「お姉ちゃん、すごい！　こんなイケメン、いつ助けたの？　うわー、私の周りでもイケメンが困っていないかなー」

興奮気味に捲《まく》し立てる皐月を「ちょっと、いい加減にしなさい！」と母親が叱る。それでようやく皐月は「はーい」と言ってぺろりと舌を出し、二階の私室へ向かうために階段へと消えていった。

「なんか、ごめんなさい。騒がしくて……」

陽茉莉は皐月の後ろ姿を見送ってから、隣に座る相澤に謝罪する。

「いや、いいよ。陽茉莉がこういう温かい家庭で育ったってわかって嬉しいし」

相澤はまったく気分を害している様子はなく、むしろ楽しげだ。

そのとき、「そうだわっ」と母親が立ち上がる。

「どうしたの？」

なんとなく嫌な予感がして、陽茉莉は母親に声をかける。

「相澤さんにね、陽茉莉の小さな頃の写真を見せてあげようと思ったの」

「しゃ、写真!?」

想定外のことに、陽茉莉は素《す》っ頓狂《とんきょう》な声をあげる。

（なんという余計なことを！）

「いいですね。ぜひ拝見したいです」

動揺する陽茉莉をよそに、相澤はにこりと笑う。

「え。あのっ、私の写真を見てもなにも楽しくないですよ？」

「楽しいよ。陽茉莉がどんな風に育ったのか知れるのは嬉しい」

それとなく止める方向に誘導しようとしたのに、全否定された。

母親はにこにこしながらアルバムを持ってくる。この手際のよさ、事前に用意していたのだろう。

少し年季を感じさせる表紙を開くと、写真の横にはいつどこで撮影したのかを記録したメモが添えられていた。

「これは家族で奈良《なら》に行ったときの写真。こっちは幼稚園の入園式よ。陽茉莉ったら園帽が嫌だって何度も脱いじゃって、しまいには半べそかいて──」

「や、やめてよー。恥ずかしい！」

ご丁寧に、失敗エピソードまで嬉々として説明している。

ときどき相槌《あいづち》を打ちながらそれに聞き入る相澤の横で、陽茉莉は頭を抱えた。

まさか、実の親からこんな恥ずかしい暴露話をされるなんて思ってもみなかった。

(ううっ、紹介する場所を自宅にしたのは失敗だった……)

お洒落《しゃれ》なレストランやホテルも考えたが、相澤が『ご自宅に伺いたい』と言うので結局陽茉莉の実家にしたのだけれど、やっぱりレストランにすればよかった。

そう後悔しかけたそのとき、アルバムに挟まれた一枚の写真を見た相澤が小さく「これ……」と呟く声が聞こえた。

(なにか変な写真があったのかな？)

陽茉莉は恐る恐る相澤が見入っているアルバムを覗く。

(あ……)

それは、陽茉莉が犬を抱っこしている写真だった。白っぽい毛並みの犬を抱え、犬の頭に顔を寄せて笑っている。犬はまっすぐにカメラのほうを見ていた。

「これはね、陽茉莉が怪我しているわんちゃんを拾ってきたことがあったのよ。そのときに撮った写真。飼いたいって珍しく駄々こねて。でも、このわんちゃん、気付いたらいなくなっちゃったのよねぇ。保健所にも連絡したんだけど結局見つからなくて、飼い主さんのところに帰っちゃったのかしら」

母親は頬に手を当てながら説明する。写真の横にはそれを撮った日付と、【自宅にて】と書かれたメモが添えられていた。

「いい写真ですね」

相澤は口元に笑みを浮かべ、その写真に見入る。

「そうなのよ。すごくいい笑顔でしょう」

母親は写真を見つめながら、嬉しそうに笑った。

陽茉莉たちが実家を後にしたのは、空が茜《あかね》色から薄暗く変わる薄明になってからだった。結局あの後、他の弟や妹も帰ってきてなんやかんやと話をしていたら、こんな時間になってしまったのだ。

「うちの家族がこんな時間まで足止めさせちゃってごめんなさい。悠翔君を早く迎えに行かないと」

帰り道、駅への道を歩きながら陽茉莉は相澤に謝罪する。

悠翔は今日、相澤の亡くなった母方の実家に預けている。八幡《やはた》神社という神社で、夕食前には迎えに行くと伝えてあるのだ。

「いや、俺としては陽茉莉の家族とたくさん話せてよかったよ。陽茉莉のお父さんも最後のほうは饒舌《じょうぜつ》だったし」

「お父さんってば……。本当にごめんなさい」

「いいって。楽しみにしておく」

相澤は屈託なく笑う。

最初こそほとんど口を利かずに黙り込んでいた陽茉莉の父親だったが、釣り具を持った父親と陽茉莉の写真に相澤が興味を持ったところから急に饒舌になった。過去にどんな大物を釣り上げたかの武勇伝を延々と語り、自慢の魚拓コレクションをひとつひとつ見せ、ついには今度釣りに一緒に行く約束までしていたのだ。

「それにしても今日の写真に写っていた礼也さん、オオカミ姿の悠翔君にそっくりでしたね」

「まあ、兄弟だからね」

「礼也さんとの出会いの写真が残っていて、嬉しかったです」

相澤は隣を歩く陽茉莉を見つめ、目を細める。

「そうだな。俺の記憶の中の陽茉莉と一緒だった」

「どういうことですか?」

「すごく可愛いいってこと」

相澤は握っている陽茉莉の手を持ち上げると、甲にキスをする。言葉はなくても、愛していると言われている気がして、胸にむずがゆさが広がる。

「そういえば……」

陽茉莉はふと思い出す。

「礼也さんのお父さんにはご挨拶しなくていいのでしょうか?」

「俺の父親? ……しなくて大丈夫だ」

答えるまでに少し間があり、おやっと思った。

(もしかして、礼也さんはお父さんに結婚のこと話していないのかな?)

陽茉莉の怪訝な表情から考えていることを悟ったのか、相澤は慌てたように弁解する。

「親父には俺から話してある」

「私にはお父さんを紹介してくれないんですか?」

陽茉莉はちょっと残念に感じ、相澤を見上げる。

「礼也さんが私の両親にきちんと会って、祝福されて結婚したいって言ったのと同じで、私も礼也さんのお父さんや悠翔君から結婚を祝福されたいです」

相澤のことが好きだからこそ、相澤の大切な人からは歓迎されたい。それはごく自然な感情だった。

相澤は参ったと言いたげに肩を竦める。

「わかったよ。じゃあ、会いに行こうか。天界《てんかい》に」

「……天界？」

（天界ってなに？　店の名前？）

聞き慣れない場所に、陽茉莉は聞き返す。

「うん、天界。八幡神社から行けるよ。あやかしや、神々が住んでいる」

「礼也さんのお父さんは普段はそこにいるんですか？」

「そうだね。天界からは全国各地の神社につながっているから」

「へえ……」

そんな場所があったなんて全然知らなかった。

「今度一緒に行こう」

「はいっ！」

陽茉莉ははっきりと返事をすると、大きく頷いた。

電車を乗り継ぎ、目的の駅で降りる。すでに日が暮れていることもあり、駅から五分ほどの距離にある八幡神社の境内はシーンと静まりかえっていた。

　相澤は陽茉莉の手を引き、まっすぐに神社の境内の一角にある建物に向かう。インターホンを押すと、家の奥から人が来る気配がした。

「こんばんは。遅くなりました」

「こんばんは、礼也君。ちょうどよかった。今から夕ご飯にしようって言っていたんだよ」

　玄関を開けて出てきたのは、相澤の叔父の省吾《しょうご》だ。

　省吾は相澤と悠翔の母親の兄にあたる人で、相澤の祖父と共にここ八幡神社の神主をしている。陽茉莉はまだ数回しか会ったことがないけれど、いつもにこにこと笑顔で歓迎してくれる。丸顔の優しい顔立ちの、おっとりとした人当たりのよい人だ。

　奥に案内されると、悠翔がシチューを食べているのが見えた。陽茉莉たちに気付くと「お兄ちゃん、お姉ちゃん！」と表情を明るくする。

　陽茉莉たちが夕食をいただいている間、先に食事を終えた悠翔は従兄弟《いとこ》たちと遊んでいた。

「悠翔、帰るぞ」

　食事を終えた相澤が、悠翔に声をかける。

「お兄ちゃん。僕、今日はここにお泊まりする」

「今日はだめだ。お泊まりの準備をなにもしていない」

相澤は首を横に振った。

「じゃあ、まだ帰らない。もうちょっと遊ぶ」

「今日はもう遅い。帰ってお風呂に入らないと、寝る時間が遅くなる」

再び相澤に首を横に振られ、まだ遊び足りない悠翔はむうっと口を尖《とが》らせる。

「残念だけど、また今度お泊まりにおいで。いつでも歓迎するわよ」

省吾の妻である和子《かずこ》がにこにこしながら悠翔をたしなめる。

「ちえっ、わかったよ」

悠翔はふてくされたように頬を膨らませたが、素直に帰る準備を始める。

つい先ほど実家で昔の相澤の写真を見たこともあり、『礼也さんも小さな頃はこんな感じだったのかな？　可愛い！』とついつい頬が緩んでしまう。

「よし、帰ろうか。お邪魔しました」

「気を付けて。また来てね」

帰り際、省吾と和子が玄関先に立って手を振る。子どもたちも大きく両手を振っているのが見えた。

「またねー！」

悠翔が大きな声で叫び、手をぶんぶんと振る。

悠翔を挟んで三人で手をつなぐと、駅へと歩き始めた。

◆◆ 3

天界に向かう日は、あっという間にやってきた。

電車に乗って八幡神社に行くと、相澤は境内の片隅にある直径二メートルほどの輪になったしめ縄へと向かう。前々から、陽茉莉が『これはなんだろう？』と気になっていたものだ。

「陽茉莉、来て。手を離すなよ」

しっかりと手を握られ、相澤と共にそのしめ縄の輪をくぐる。そこで目にした光景に、陽茉莉は思わず感嘆の声を漏らした。

「わあー、すごい！」

ついさっきまで都心にある神社にいたはずなのに、目の前にはまったく違う光景が広がっていた。

正面にまっすぐに延びる石畳の先には、大きな鳥居がひとつ。そして、同じような鳥居が左右にいくつも立ち並び、さながら鳥居の壁のように見える。

後ろを振り返ると、先ほどくぐったのと同じ、大きな輪のしめ縄があった。けれど、その向こうは竹林が広がっており、八幡神社とは似ても似つかない。

「これ、どうなっているんですか？」

「天界にゆかりのある者――あやかしや神々がくぐったときだけ向こう側の世界とつながるんだ」

「天界の者……。つまり、私がひとりでくぐってもなにも起こらないんですね？」

「そうだな。陽茉莉が向こう側の世界に行くためには、しめ縄を越える最中は天界の者に触れ続けている必要がある」

「ふーん」

それで先ほど、しっかりと手を握られていたのかと合点する。

陽茉莉は試しに、自分の背後にあったしめ縄をくぐってみた。

「本当だ。なにも起こりません」

輪をくぐっても、そこは今いる天界と同じ場所だった。けれど、相澤がくぐると八幡神社に戻るのだろう。

「鳥居がたくさんあるのは？」

陽茉莉は周囲を眺める。横一列に並んだ無数の鳥居は、どこか神秘的な雰囲気を感じさせる。

「それぞれ先に同じようなしめ縄があって、別々の神社につながっているんだ」

「へえ……」

見渡す限り、ずっと同じような鳥居だ。それぞれが別の神社につながるということは、何百、何千という数になる。

「ひとりだと戻れなくなるから、はぐれるなよ」

「わかりました」

そして、ふと気になることが頭をよぎった。

「もしくぐっている途中で礼也さんと手が離れたらどうなるんですか？」

「狭間に落ちる」

「狭間？」

「そう、狭間。現世でも隠世でも天界でもない、なにもない世界だと言われている。まあ、俺も行ったことがあるわけじゃないけど」

「なにもない……」

どんな世界かと想像して、ぶるりと身震いする。そんな場所に落ちてしまうなんて、怖すぎる。しかも、自分では脱出する術がないのだから。

「礼也さん、絶対に手を離さないでくださいね」

陽茉莉は思わず相澤の腕に自分の手を絡め、ぎゅっと抱きついた。

すでにしめ縄はくぐり抜けたのだから大丈夫だとは思うけれど、こんなトラップが他にもあったら……と不安になる。

「離さないよ。これから、ずっと」

安心させるような優しい瞳に、胸がきゅんとする。相澤は指を絡めてしっかりと手を握ると、鳥居のほうへと歩き出した。


しばらく石畳を進むと、チラホラと建物が見え始めた。どれも和風の建物で、瓦《かわら》屋根に朱色に塗られた木造の柱、白い壁は神社のようにも見える。

(神様たちが住んでいるだけあって、建物が神社みたい)

初めて見る光景が物珍しく感じられ、辺りをきょろきょろと見回す。

「陽茉莉、こっちだよ」

相澤が促したほうを向くと、長い塀越しに大きな屋敷が見えた。数寄屋門の先には大きな池。その向こうには、左右対称に広がった大きな建物がある。

濃い灰色の瓦屋根と柱や梁の朱色が対照的で、間を埋める白い壁がひときわ眩《まぶ》しい。昔、修学旅行で訪れた京都《きょうと》の平等院鳳凰堂《びょうどういんほうおうどう》を思わせる建物だ。

「すごい……。大きなお屋敷」

想像を超えた規模に、感嘆の声が漏れる。敷石を踏んで建物に近づくと、白と朱色の袴《はかま》姿の少女が竹箒で掃き掃除をしていた。

（あ。この子、もしかしてオオカミのあやかし？）

陽茉莉は、その女の子を見てあっと思う。艶《つや》やかな黒髪の間からはぴょこんと黒色のけも耳が生えていたのだ。よくよく見ると、赤い袴の後ろから黒と灰色の毛が交ざった尻尾も生えている。年齢は高校生くらいに見えた。

「礼也様、おかえりなさいませ」

けも耳の少女が相澤を見つけ、ぺこりとお辞儀をする。

「ああ、ただいま。こちらは俺の花嫁の陽茉莉。仲良くしてやってくれ」

「はじめまして、陽茉莉様。香代《かよ》でございます」

その女の子──香代は陽茉莉に向かってちょこんと頭を下げる。

「はじめまして。新山陽茉莉です」

陽茉莉も慌てて挨拶を返す。

「親父はいるかな？」

「雅也《まさや》様は奥にいらっしゃいます」

「わかった、ありがとう」

相澤はお礼を言って女の子に軽く手を振る。女の子はそれに応えるように、小さく頭を下げた。

「あの子もオオカミのあやかしなんですね」

「うん、そうだね。ここの屋敷にいるのはみんなオオカミのあやかしかな」

「へえ」

今の言い方だと、あの子以外にも何人ものあやかしがここに住んでいるのだろう。

なんだか不思議な感じがする。

「雅也様っていうのが、礼也さんのお父さんなんですか？」

「そう。狼神だから、一応ここの主なんだ。狼神にはなかなかなれないから」

「ふーん」

昔、あやかしが神に昇華するにはいくつかの条件があると、教えてもらった。邪鬼をやっつける力が強いことはもちろんだけれど、それ以外にも大事なことがあるらしい。そのひとつが〝生涯でひとりと決めた相手と、命をかけるほどの強い思いを通じ合わせる〟ことだと教えてもらった。

（生涯でひとりと決めた相手と命をかけるほど強い思い、か……）

狼神様になるほど強くなるのはきっととても難しいし、生涯でひとりと決めた相手と巡《めぐ》り会い、思いを通じ合わせるのはもっと難しいことだろう。

陽茉莉は自分の手を握って横を歩く相澤をうかがい見る。きりっとした目元と高い鼻梁《びりょう》、少し薄めの唇が黄金比で配置された横顔は、びっくりするくらい整っている。

そして、相澤が見た目だけでなく内面も素敵であることを陽茉莉は知っている。

(本当に、嘘《うそ》みたいだなあ)

この人が愛している相手が自分であることが、なんだか信じられないような気がしてしまう。けれど、相澤が陽茉莉に見せてくれる愛情はすべて誠実で、裏表がない。

(礼也さんのお父さんにも、祝福してもらえるといいな)

彼のことが心から好きだからこそ、彼の大事な人からは祝福されたい。


案内されたのは広い和室だった。そこに設《しつら》えられた応接セットの座椅子に相澤と並んで座ると、陽茉莉は胸をどきどきさせながらそのときを待つ。半分緊張、半分楽しみな気持ちだ。

――どれくらい待っただろう。

(タイミングが悪いときに来ちゃったかな……?)

なかなか現れない屋敷の主に陽茉莉が疑問を持ち始めたそのとき、廊下からトットッと足音が近づいてきた。入口の襖《ふすま》がぱしっと勢いよく開け放たれる。

そこに現れた人物を見て、陽茉莉は目を見開いた。

銀色になびく長めの髪、鋭さのある灰色の瞳、少し冷淡に見えるその人は驚くほど整った見目をしていた。

実際の年齢は知らないが、見た目はせいぜい四十歳前後だ。かなりの長身で、おそらく相澤と同じくらい——百八十センチ前後だろうか。黒と灰色の袴を着ており、そのお尻には銀色の美しい毛並みの尻尾が見えた。

（わあ！　狼神様の姿になったときの礼也さんにそっくり）

陽茉莉は思わずそこに現れた人物——相澤の父親である雅也をじっと見つめる。一方の雅也は一瞬だけ陽茉莉のほうを見たがすぐに目を逸らし、相澤に視線を移した。

「礼也、一週間ぶりだな」

「ああ、久しぶり」

相澤が頷く。

（ん？　一週間ぶり？）

一週間前に会ったのだろうか？　全然聞いていないけれど、ふたりの会話から判断するにそうなのだろう。

（そういえば、悠翔君も『ときどきお父さんが帰ってくる』と言っていたっけ？）

けれど、陽茉莉はすでに数ヶ月間相澤や悠翔と暮らしているが、二度も雅也と鉢合わせしたことがない。

テーブルを挟んで向かい側に雅也が座る。

それとタイミングを合わせたように、「失礼します」と声がして入口の襖が再び開く。顔を出したのは、先ほど玄関前を掃き掃除していた女の子——香代だった。お茶ののったお盆を持っており、陽茉莉たちの前に一客ずつ置いてゆく。

「で、今日はなんの用だ？」

「こちらが俺の相手。新山陽茉莉さんだ」

相澤が陽茉莉のことを紹介したので陽茉莉は慌てて頭を下げると、「はじめまして。新山陽茉莉です」と挨拶をする。

その声が聞こえていたはずなのに、雅也はちらりともこちらを見ず、返事もしてくれなかった。

（あれ？　これってもしかして……）

その態度に、急激な不安が胸の内を占める。

「以前から伝えていた通り、結婚しようと思う」

相澤が告げると、雅也は小さく首を振った。

「それは認めない。前から言っているだろう」

ドキンッと胸が大きく鼓動する。

（やっぱり！）

先ほどからの自分に対する態度や、相澤が陽茉莉を雅也に会わせることにあまり乗り気でなかったことからもしかしてとは思っていたけれど、実際に目の前ではっきりと拒絶の言葉を言われ頭が真っ白になった。

ハッとしたような顔をして、香代が顔を上げる。

「雅也様……」

「香代、下がっていなさい」

「……はい」

香代はなにかを言いたげに雅也と相澤を見比べたが、そっと目を伏せてしずしずと部屋を出ていった。

「なんでだよ」

香代が出ていった後、相澤が雅也に尋ねる。

「何度も言っているだろう。この娘は、お前に相応しくない」

「陽茉莉ほど相応しい女はいない」

相澤が低い声で言い返す。それを聞いた雅也は、ハッと鼻で笑う。

「聞けば、祓除札と回復札しか使えないらしいではないか。そんな未熟な者が、狼神の花嫁になるなど笑止千万だ」

「陽茉莉はまだ祓除師として活動し始めたばかりだ。よくやってくれている」

「よくやってくれている、ね。狼神の花嫁となれば、今以上に四六時中、邪鬼に狙われる時期が来る。そのとき、どうやって身を守る？」

「俺が命に代えてでも陽茉莉のことは守る。だから、問題ない」

「その時期は年単位になるのだぞ。一時も目を離さず守り切ることなど、お前にはできないだろう」

「できる」

「いや、無理だな」

（今以上に四六時中、邪鬼に狙われる時期が来る？）

なんの話をしているのかはわからないけれど、ふたりの様子がぴりぴりしていることだけは確かだ。そして、陽茉莉が祓除師になって日が浅く、未熟であることも正しかった。

雅也が相澤の反論に納得する様子は微塵《みじん》もない。議論は完全に平行線だった。

（どうしよう……）

陽茉莉はぎゅっと手を握りしめる。

「俺は絶対に陽茉莉を花嫁にすると決めている。親父が反対しようと、それは変わらない」

相澤がはっきりと雅也に告げる。

両者の口調と態度にますます剣呑《けんのん》さが帯びてくるのを感じ、陽茉莉は焦った。相澤を幸せにしたくて望んだ場だったのに、こんなことになるなんて。

「すみません！」

陽茉莉は意を決し、声をあげる。

それまでにらみ合っていたふたりが、ハッとしたように陽茉莉を見た。

「礼也さんのお父様が私のことを礼也さんに相応しくないと仰《おっしゃ》るのは、私が祓除師として未熟だからですか？　それとも、他にも理由があってのことですか？」

「祓除師として未熟だからだ」

ぶっきらぼうだが、雅也ははっきりとそう告げた。

陽茉莉はその答えを聞いて、少なからずほっとした。あれもこれも気に入らないと言われるとどうしようもないけれど、原因がひとつに特定できているのならまだ可能性はある。

「では、私が修行してお父様に認められる祓除師になってみせます。そうしたら許していただけますか？」

「俺が認める祓除師に？　お前が？」

雅也が陽茉莉の申し出に、意外そうに目を見開く。

「無理だ」

「礼也さんのために、なってみせます」

結婚を認めてもらうにはこれしか方法がない。ならば、やるしかないと思った。

強い決意を持って雅也をまっすぐに見つめる。

視線がしっかりと合った雅也はふっと口元を緩めた。

「おもしろい。では、中級以上の邪鬼をひとりで祓うことができたらお前のことを認めてやろう」

「わかりました。ありがとうございます」

陽茉莉は了承の意味を込めて、しっかりと頷く。

「礼なら祓ってから言ったらどうだ？」

「では、祓ったらもう一度お伝えします」

かなり辛辣《しんらつ》な言い方だったが、ときにはクレーマーにも遭遇《そうぐう》する営業部で鍛えられたメンタルのおかげで平静を保っていられた。

「親父！」

陽茉莉と礼也のやり取りを聞いていた相澤が声を荒らげる。

「陽茉莉ひとりで中級なんて無茶だ。祓除師は自分を守るためのあやかしとペアを組んで活動する。親父だって知っているだろう！」

けれど、陽茉莉は相澤に片手を向けてそれを制止した。

「礼也さん、大丈夫。私、頑張るよ。礼也さんのことが大事だから、礼也さんが大切に思っている人たちに認めてもらいたい」

「陽茉莉……」

相澤が眉根を寄せて陽茉莉を見つめる。陽茉莉はもう一度大丈夫と伝えるように、小さく頷いた。

（とはいえ、どうしよう……）

事実、陽茉莉は祓除札と回復札以外の札は使えない駆け出しの祓除師だ。今まで祓除師としての仕事をする際は、必ず相澤や他のあやかしが補佐をしてくれた。けれど、雅也が出した条件は〝陽茉莉がひとりで中級以上のあやかしを祓うこと〟だ。

湯呑みを手に取って日本茶をひと口飲んだ雅也が、「香代、ここへ」と外に向かって呼びかける。すると、襖が開いて再び香代が顔を覗かせた。

「はい、雅也様。お呼びですか？」

「この娘に、祓除の方法を教えてやれ」

雅也の言葉に、陽茉莉は驚いた。「え？」と小さく声を漏らす。

「邪鬼に呑《の》まれるとわかっている者をみすみす行かせるのは気分が悪い」

ぶっきらぼうに言い放つと、雅也はすっくと立ち上がる。

「では、またな」

そのまま振り向くことなく、部屋の外へと消えていった。

（礼也さんのお父さん、なにを考えているんだろう）

陽茉莉と相澤の結婚に反対しているのならば、陽茉莉が邪鬼をいつまでも祓えずにいるほうが好都合なはずだ。それなのに、祓除の方法を教えてやれ？

彼の考えていることはわからない。けれど、やるしかないと思った。

◆◆　4

真っ白な札紙に、一心不乱に筆を走らせる。

意識を集中させ、体の中の神力を注ぎ込むように――。

「ひ……陽……様。陽茉莉様」

自分が呼ばれていることに気付き、陽茉莉はハッとした。顔を上げると、斜め前に座る香代がこちらを見つめていた。

「ごめん、集中していて気が付かなかった。なにかな？」

「そろそろ休憩になさいましょう」

「大丈夫。あまりゆっくりもしていられないから」

一日も早く雅也から認められたい。

一日も早く色々な札を使いこなせるようになりたい。

だから、休んでいる暇なんてない。

陽茉莉のそんな気持ちを否定するように香代は首を横に振った。

「神力の込め方にムラが出ています。集中力を欠いている証拠です。やみくもに書けばよいというものではございません」

「あ、ごめんなさい……」

陽茉莉は自分の手元の札を見る。一見すると同じような文字が綴《つづ》られているようだが、よく観察すると確かにそれぞれの札から感じられる神力には差があった。

「陽茉莉様はとても頑張っていらっしゃいますよ」

香代は陽茉莉を元気づけるようにそう言うと、すっくと立ち上がる。

「お茶を用意してまいりますね」

にこりと微笑むと、部屋から出ていった。

シーンと静まりかえった和室に、陽茉莉はひとりぽつんと残される。

「はあ。私、だめだめだなぁ」

欄間《らんま》に彫られた雉《きじ》の彫刻を眺めながら、独りごちる。

頑張っているつもりだったけれど、自分の集中具合すら把握できていないなんて——。

天界に行った日以降、陽茉莉は祓除師としての力量を上げるための特訓を始めた。香代が毎日のように人間界に来て稽古をつけてくれているのだ。

祓除師の基本は、邪鬼を祓う祓除札をはじめとする様々な札を使いこなすことだ。

これまで陽茉莉は祓除札と回復札のふたつだけを使ってきた。それが、祓除師が最もよく使う札だからだ。祓除札は邪鬼を祓う力が、回復札は自身の身を守ってくれるあやかしの妖力《ようりょく》を回復させる効果がある。

しかし、祓除師が作れる札はこれ以外にも十種類以上ある。ベテランの祓除師はそのすべてを状況に応じて使いこなし、強力な邪鬼も祓ってしまうのだという。

（これは縛呪《ばくじゅ》札か……）

今陽茉莉が作る練習をしていたのは、縛呪札と呼ばれる札だ。これを使うと、邪鬼の動きを一定時間、縄で縛ったように封じることができるという。封じられる時間は、それを作った祓除師の力量による。つまり、陽茉莉のように一枚一枚のクオリティーに差があると、あるときは一分保ったのに別のあるときは数秒しか保たない、ということもありうるのだ。

「お待たせしました」

香代がお盆にお茶をのせ、戻ってくる。茶托《ちゃたく》にのった湯呑みと共に、茶請けが置かれた。

「お台所をお借りに行ったら、和子さんがこちらをくださいました。日本橋《にほんばし》にある和菓子屋さんの栗まんじゅうだそうです」

香代は茶請けの説明をすると、自分の分も机に置いて陽茉莉の向かいにちょこんと座った。

「なんだか懐かしいです。琴子《ことこ》様もこうして立派な祓除師になれるように励んでおられました」

「琴子さんが？」

陽茉莉は、香代の口から意外な名前を聞いて驚いた。琴子とは相澤の母親、つまりは雅也の妻の名前だ。

「香代ちゃんは琴子さんと会ったことがあるの？」

「はい、ございます。琴子様に祓除師のいろはを教えたのは雅也様と私ですから」

「そうなんだ……」

（香代ちゃんって高校生くらいに見えるけど、本当は何歳なんだろう？）

相澤の母親である琴子さんが祓除師としての修行をしていたのは相澤が生まれるよりさらに前、今から三十年以上は前のはずだ。

一見すると香代は十代後半、自分よりも年下に見える。けれど、今の話を聞くに陽茉莉よりずっと年上なのだろう。香代は純粋なオオカミのあやかしなので、歳のとり方が陽茉莉たち人間とは違うのかもしれない。

「あの……、陽茉莉様」

「ん、なに？」

なにか言いたげに何度か口を開きかけては閉じていた香代がようやく言葉を発したので、陽茉莉は努めて柔らかく聞き返す。

「どうか、雅也様を恨まないでください。雅也様は礼也様と陽茉莉様を大切に思っているからこそ、あのようなことを仰ったのです」

「え、どういうこと？」

陽茉莉は不思議に思って聞き返した。

相澤の父親である雅也は、陽茉莉が祓除師として未熟であるから、狼神様である相澤には相応しくないと判断した。それ以上でもそれ以下でもないと思っていた。

息子である相澤のことを大切に思っているというのはまだ理解できるが、礼也と陽茉莉を大切に思って、というのはどういうことだろう。

「陽茉莉様のように神力が強い人間は元来邪鬼に襲われやすいです。体を乗っ取ってもすぐに壊れずに耐えられるから」

「ええ、そうね」

陽茉莉は頷く。その話は、ずっと以前に相澤から聞いた。

邪鬼はこの世に未練を残したまま成仏できずに悪霊化した死者の魂《たましい》だ。彼らはこの世での未練を晴らすために、体が欲しい。けれど、普通の人間は乗っ取られると短時間で死んでしまう。だから彼らは、体を乗っ取られてもある程度耐えられる神力の強い人間を見つけると体を奪おうとするのだ。

「邪鬼が最も狙いやすく、また邪鬼の魂が体になじみやすいのはどんな人間だかわかりますか？」

「邪鬼が最も狙いやすく、体になじみやすい？　うーん、神力がものすごく強い人？」

陽茉莉はうーんと悩みながら答える。けれどその答えは間違っていたようだ。香代は首を横に振った。

「神力が強い人間であればあるほど邪鬼にとって望ましい体であるというのは正しいのですが、神力が強い人間は逆に言えば優秀な祓除師であることが多いので狙いにくくもあります」

言われてみればそれもそうだ。神力が強いほど祓除師としてたくさんの札を作ることも可能になるし、狙いにくくなるのも納得だった。

「そっか。でも、それだと最も狙いやすく魂が体になじみやすいのって？」

香代は少し迷うように口ごもったが、意を決したように口を開く。

「最も狙いやすいのは、身重になってうまく戦えない祓除師のお腹の中にいる胎児、または生まれたてで無抵抗な赤子です」

「胎児または赤子？」

予想外の答えに、陽茉莉は目を見開く。

けれど、そう聞いてハッとしたことがあった。相澤の母親である琴子さんは邪鬼に吞まれて死んだ。それは、第二子である悠翔を産んですぐだったと聞いた気がする。

(もしかして——)

「琴子さんが亡くなったのは、邪鬼に狙われた悠翔君を守ろうとして?」

香代は無言で首を縦に振る。

(あ、だから——)

陽茉莉は、雅也と会った日に言われた言葉を思い返す。

『狼神の花嫁となれば、今以上に四六時中、邪鬼に狙われる時期が来る。そのとき、どうやって身を守る?』

『その時期は年単位になるのだぞ』

あれは、〝陽茉莉が相澤の子どもを身籠《みごも》ったら四六時中邪鬼に狙われてしまう。そのときに陽茉莉は自分の身を守れるのか?〟という意味だったのではないだろうか。

そうであれば〝その時期は年単位になる〟というのも納得だ。妊娠期間と、子どもが自分で自分の身を守れるようになるまでの期間は、少なく見積もっても数年はかかる。いくら相澤が強いとはいえ、数年間もの間陽茉莉にぴったりとくっついて守り続けることなど無理だ。

「雅也様は、礼也様と陽茉莉様を自分と同じ目に遭わせたくないのです」

目を伏せて香代が紡いだ言葉は、広い和室に溶けて消える。

（やっぱり……）

それは、あのとき陽茉莉が疑問を覚えた通りだった。

本気で陽茉莉のことが気に入らないならば、あの日理由をつけて会うのを断ればよかったのに、雅也はそうしなかった。きちんと陽茉莉と向き合う時間をくれたし、反対はしたけれど、こうして香代という指導役までつけてくれた。

（雅也さんは、本当に礼也さんに幸せになってほしいんだ）

急激に気持ちが落ち込む。

――生涯でひとりと決めた相手と、命をかけるほどの強い思いを通じ合わせること。

狼神様になるには、心の底から愛した相手と通じ合わないといけない。雅也にとってのそれは、琴子だった。

だから、雅也はその相手がどんなに大切か身をもって知っているし、相澤と陽茉莉の気持ちを疑っていることはないはずだ。

（それなのに反対するとなると――）

つまり、雅也は今の陽茉莉がこのまま相澤と結婚すると、高確率で不幸な出来事が起きてしまうと予想しているのだ。

（私のせいなんだ）

自分が未熟だから結婚は認められないと言った雅也の言葉が、これまで以上に胸に突き刺さった。

その後は、あまり祓除師の勉強に身が入らなかった。

「陽茉莉様、今日はもうおしまいにいたしましょう」

「……うん、そうだね」

香代の言葉に、陽茉莉はうつむく。

一分一秒だって無駄にする時間はないのに、自分の不甲斐《ふがい》なさが悔しい。

片付けをして荷物をまとめると、八幡神社の一角にある和室を貸してくれた相澤の叔父夫妻にお礼を言いに行く。

「今日はお部屋を貸していただきありがとうございました。お菓子とお茶も。美味しかったです」

「いや、いいよ。いつでも使ってよ。陽茉莉ちゃん、頑張っているね。礼也君はいいお嫁さんを連れてきたなあ」

「……はい、ありがとうございます」

「琴ちゃんもいつも修行していてさ。懐かしいなあ」

「…………」

なんと返してよいかわからず、陽茉莉は曖昧《あいまい》に笑う。

うまく笑えている自信がなかった。

香代と別れた後、陽茉莉はその足で行きつけのバー『ハーフムーン』へ向かった。

ハーフムーンはオネエのママ——潤《じゅん》ちゃんがひとりで切り盛りしている店で、潤ちゃんは陽茉莉のよき相談相手なのだ。

「こんにちは」

「あら、陽茉莉ちゃん。こんにちは」

時刻は夕方五時。開店時刻を過ぎたばかりで、潤ちゃんはまだ開店の支度をしているところだった。

陽茉莉は邪魔にならないように、カウンターの一番奥に座る。

「なにかあったかしら？　元気ないじゃない？」

グラスの中に浮かぶ氷をぼんやりと眺めていると、潤ちゃんに声をかけられた。

「うん、なんか自信なくしちゃって」

「仕事で失敗した？」

「ううん、そうじゃないの。結婚したい人のお父さんが、結婚に反対していて」

「結婚したい人？　相澤さんのこと？」

クラッカーとチーズの盛り合わせを作っていた潤ちゃんは、視線をこちらに向ける。

まだ相澤と恋人の関係になる前から、潤ちゃんにはいろんなことを相談していた。

だから、両想いになったときも相澤とふたりで報告に来たのだ。

「うん、そう」

「……相澤さんのお父さんが反対している原因は、わかっているの？」

「わかっているよ。私がお父さんの立場でも、反対すると思う」

「それは理不尽だったり、陽茉莉ちゃんにはどうしようもない理由？」

「ううん、違う」

陽茉莉は首を横に振る。

「その理由が克服できたら、結婚していいって言われた」

グラスに満たされたお酒をひと口飲む。氷がぶつかり合い、カランと音を立てた。

「あら。じゃあ、本気で反対はしていないわよ」

「本気で反対はしていない？」

「ええ。きちんとどういう状態になったら結婚していいっていうことを示してくれて、
そのための時間をくれたのでしょう？　なら、本気で反対しているわけじゃないわ」

「そうかなあ？」

陽茉莉は独りごちる。

ふと時計を見ると、夕方の六時近くになっていた。

「あ、私そろそろ帰らないと」

今日は夕ご飯にカレーを作ってから出かけたけれど、できたら相澤や悠翔と一緒に食卓を囲みたい。きっと、ふたりも陽茉莉の帰りを待っているはずだ。

「そう。またいつでも来てね」

「うん、ありがとう」

陽茉莉は潤ちゃんに手を振って、店を後にする。

（本気で反対されているわけではない？）

先ほど潤ちゃんに言われた言葉を思い返す。

そうだといいな、と思った。

◇　◇　◇

陽茉莉の様子がなんだかおかしいことに気付いたのは、陽茉莉が祓除師の修行をすると言って出かけた日の夜のことだった。

夕食のカレーライスを食べながらも、どことなく元気がない。

もちろん悠翔や相澤に話しかけられれば笑顔で答えるし、食事もきちんと食べている。けれど、どこか違和感を覚えたのだ。

夜十時。

悠翔は寝て、陽茉莉はお風呂に入っているので、ひとりでＮＦＬ——アメリカンフットボールの試合の録画を見ていた。

「アメフトですか？」

声がしてそちらを見ると、パジャマ姿の陽茉莉がいた。風呂上がりに水を飲みに来たようで、片手にコップを持っている。

「陽茉莉も一緒に見ない？」

「うん、そうしようかな」

陽茉莉はコップに水を注ぐと、それを勢いよく飲み干す。喉元の白い肌が小さく上下するのが見えた。

「じゃあ、ここ来て」

「髪を乾かしてからでいいですか？」

「だめ。今来て」

相澤の言葉に陽茉莉は戸惑ったような表情を見せたが、おずおずと近づいてくる。

ソファーの隣に座ろうとした陽茉莉の手首を掴むと、強引に引き寄せた。

「わっ！」

不意打ちで腕を引かれた陽茉莉はバランスを崩し、相澤の胸に倒れ込む。

その華奢《きゃしゃ》な体を受け止める。両腕で包み込むようにぎゅっと抱きしめて首元に顔を埋めると、家で使っているシャンプーや石けんの匂いがふんわりと鼻孔《びこう》をくすぐった。

「礼也さん。今、髪の毛が濡れているから」

「ああ、そうだな。風邪を引いたら大変だ」

暗に服を濡らしてしまうかもしれないから離してと言っているのだとわかったが、あえて気付かないふりをする。

相澤は少し体を離すと、陽茉莉の髪の毛に手をかざし、軽く撫でるように手を添える。すると、ふわりと風が起きて、濡れていた髪の毛が一瞬で乾いた。

「乾いたよ」

「え？　嘘、すごい！」

陽茉莉は自分で自分の髪の毛をさわり、驚いたように声をあげる。

狼神になってから、あやかしだった頃にはできなかったことが色々とできるようになった。今のは、風や水を操る術を応用して髪を乾かしたのだ。

「ありがとうございます」

「どういたしまして」

体を捻《ひね》ってこちらを向き、陽茉莉がお礼を言う。初めてのことに驚いたようで、自分の髪の毛を一房摘まみ上げて見つめながら目をぱちぱちと瞬《しばた》いている。

「ところで陽茉莉。今日、なにかあった？」

「え？　……特にはなにも」

陽茉莉の表情がわかりやすく強張る。

「嘘つけ。なにかあっただろ」

「………」

「それとも、俺じゃ相談するに値しない？」

そう言った瞬間、陽茉莉は顔色を変えてぶんぶんと首を横に振る。

「違うの！　私の問題なの！　私が祓除師として半人前だから――」

陽茉莉は消え入りそうな声で呟く。

「半人前？　香代からだめ出しされたのか？　気にするな。陽茉莉はよくやっている」

励ますように笑いかける。いつもならそれで気持ちが上向くのだが、今日に限って陽茉莉は浮かない表情のままだった。

「今日、香代ちゃんに聞いたの。なんで雅也さんが私との結婚に反対しているのか」

陽茉莉の様子から、なにを聞いたのかは大体察しがついた。きっと、母親である琴子がどうして邪鬼に呑まれたのか、そして父親である雅也がなにを心配しているかについてだろう。

「──陽茉莉のことは絶対に俺が守る」

「でも……。数年もの間、私や赤ちゃんからいっさい目を離さないなんて無理でしょ？　私が半人前なせいで、礼也さんに迷惑をかけちゃう」

タイミングを合わせたかのように、テレビから大きな歓声が聞こえた。実況者が英語で興奮気味に捲し立てている。タッチダウンが入ったようだ。

「迷惑だなんていっさい思っていない。陽茉莉を守るのは俺の役目だ。これから先、一生」

「…………」

陽茉莉の顔に、迷いのような表情が浮かぶ。

その様子に、焦燥感を覚えた。もしかして、陽茉莉が自分から離れてしまうのではないかと思ったのだ。

「それとも、陽茉莉は俺と結婚するのをやめたい？」

「ううん、やめたくない」

陽茉莉はうつむいたままぶんぶんと首を横に振る。その反応にほっとした。

陽茉莉が自分を愛していることは百も承知している。狼神になれたのだから、それがどんなに強い愛情かも知っている。

と。

　だからこそ不安だった。

　――自分の感情を押し殺して、俺のために俺から去るなどと言い出すのではないか
　けれど、陽茉莉が自分といることを選んでくれるのなら、自分がやるべきことはひとつしかない。

「ああ、俺も陽茉莉と結婚したい。だから、結婚しよう。陽茉莉のことは俺が守る」

　陽茉莉の心の不安を拭い去ろうと、優しく背中を撫でる。

　顔を上げた陽茉莉は、こちらを見つめて泣きそうな顔をした。

「私ね、礼也さんのこと、すごく大切なんだよ。大好きなの。絶対に幸せにしたいんだ。私、もっと頑張るからこれからも支えてくれる？」

　言われた瞬間、息が止まるかと思った。

　相澤から愛していると告げることは多々あっても、逆はあまりない。こうしてはっきりと言葉で想いを告げられると、思った以上にぐっときた。

「もちろん。陽茉莉、愛している」

　言葉にしきれない想いを伝えるように、どちらからともなく唇を重ねる。父が心配していることは十分理解している。けれど、絶対に自分が守り抜いてみせる。

　愛しい温もりを胸に抱き、改めて胸に誓った。

第二章　狼神様の花嫁試験

◆◆ 1

――リーンリーン。

就業時間終了を知らせる独特の電子チャイム音が鳴る。

陽茉莉はその音に反応して、パソコンの画面の端に映る時計を見た。

（あ、もうこんな時間？）

いつの間にか夕方の六時になっていた。仕事に集中すると、時間が経つのが早い。

そろそろ帰って、悠翔を迎えに行きつつ夕ご飯を作らないといけない時間だ。

（終業チャイム、助かるなー）

陽茉莉は両腕を大きく広げて伸びをする。

十八時になると鳴るこのチャイムは陽茉莉が入社した頃にはなかったが、ここ数年の働き方改革で取り入れられたものだ。チャイムが鳴るだけの些細な変化なのだけれど、以前に比べるとずいぶんと帰りやすくなった。古参の先輩社員たちは『もっと積極的に、改革をどんどん推進してほしい』と大喜びしている。

陽茉莉は作成中だったワードの資料をきりがよいところまで進めると、保存ボタンを押す。

（よし、忘れ物はないよね）

オフィスを出ようとしたとき、エレベーターホールのほうから相澤が歩いてくるのが見えた。別フロアで打ち合わせがあったようで、パソコンを片手に持っている。

「お先に失礼します」

「ああ、お疲れ様」

目が合った相澤は柔らかく微笑む。

「できるだけ早く帰るから待っていて」

すれ違いざまに囁《ささや》くように言われた言葉に、陽茉莉は小さく頷く。

今夜は祓除師として邪鬼退治をする予定なのだ。


その日の夜、陽茉莉は新宿《しんじゅく》の外れにいた。人が集まる場所には自ずと邪鬼も集まりやすいのだ。

「じゃあ、いつもの通り俺が新山ちゃんと、礼也は悠翔とペアでいいな？」

「仕方ないだろう」

しぶしぶそう答えるのは、相澤だ。相澤の不満の色を隠さない様子に、一緒に邪鬼退治をするあやかし——高塔《たかとう》一馬《かずま》は苦笑する。

高塔は普段、陽茉莉や相澤と同じくアレーズコーポレーションに勤めている。商品開発部新商品企画課の副課長をしており、一見すると普通の人間にしか見えない。けれどその正体は馬のあやかしであり、相澤と同じように邪鬼退治の裏の顔を持っている。

あやかしは邪鬼と戦い彼らを弱らせることはできても、完全に祓って隠世に送ってやることはできない。完全に祓うには神力が必要だからだ。

逆に、祓除師は邪鬼を祓うことはできてもあやかしたちに比べると弱い。

そのため通常、祓除師とあやかしはペアを組んで行動する。あやかしは邪鬼と戦い、弱らせ、祓除師を守る。そして、最後は祓除師が邪鬼を祓うのだ。

一方、狼神様である相澤は祓除師とあやかしの両方の力を兼ね備えているので、ひとりでなんでもできてしまう。

そんな理由もあって、最近は祓除師である陽茉莉とあやかしである高塔がペアを組み、相澤はひとりまたは悠翔を連れて任務に当たることが多い。

ちなみにこの組み合わせを決めるときに、陽茉莉と高塔が一緒に行動することに対して相澤が非常に難色を示したことは言うまでもない。

『一馬。絶対に陽茉莉から目を離すなよ』

『わかっているよ』

『だが、必要以上に陽茉莉に近づくな』

『それは難題だね。守るためにはぴったりくっついているくらいがちょうどいいんだけど？』

相澤に剣呑な視線を向けられて、高塔は参ったと言いたげに肩を竦めた。

『わかったよ。俺も、礼也に殺されたくないからな』

こんなやり取りを経て、結局今の組み合わせになったのだった。

都心の賑やかな喧噪《けんそう》も、大通りから一本入ると嘘のように静けさが包む。人通りがない小道を、陽茉莉は周囲を警戒しながら歩く。

――パシン。

独特のラップ音が聞こえ、ハッとする。耳を澄《す》ますと、「ヒヒッ」と嫌な声がした。

「イイノミツケタ」

声のほうを見ると、物陰から物欲しげにこちらを見つめる人影が見えた。ぽっかりと開いた黒い穴のような目をしたこれは、人ならざる者だ。

「えいっ」

陽茉莉は用意していた祓除札をその人影に向かって投げる。まっすぐに飛んだそれは見事に邪鬼に命中した。

「ギャッ」

一瞬悲鳴のような声が聞こえたが、やがて人影がモヤのように消えてゆく。

「どうか安らかな眠りを」

陽茉莉は邪鬼が先ほどいた場所に向かって、手を合わせる。

自ら望んで邪鬼になった者などいない。彼らはただこの世に心残りがあり、体を求めているうちにやがて悪霊化し邪鬼となる。

香代にそう教えられてから、自発的に彼らの冥福《めいふく》を祈るようになった。

「新山ちゃん、お見事」

陽茉莉の少し後ろを歩いていた高塔がパチパチと手を叩く。

「下級の邪鬼なら、なんの問題もなく祓えるようになったね。今のも、俺の見立てだと中級に近いレベルの邪鬼だったけど、一発だ。修行の成果だね」

「はい、お陰様で。ありがとうございます」

褒められて悪い気はせず、陽茉莉はぺこりと頭を下げてお礼を言う。

高塔は一見するとちゃらちゃらしていて頼りなさそうに見える。けれど、決して怠慢ではなく、いざというときはすぐに陽茉莉を助ける用意ができていることを、陽茉莉は知っている。事実、陽茉莉が強くなりたいという話を聞いてからは、いつもこうやって余計な手出しをせずに陽茉莉に任せてくれる。

「さてと、礼也たちのほうはどんな感じかな?」

「行ってみましょう」

陽茉莉たちは一本隣の通りを見回っている相澤と悠翔の様子を見に行く。

「うへえ。あれは囮罠札《かびんふだ》かな。うじゃうじゃ集まってきているな」

遠目に見えた光景に、高塔が「げっ」と言いたげな声をあげる。

通りの奥には、数十体の邪鬼がいた。一本の電柱に蟻《あり》のように群がっており、その電柱には一枚の札が貼られている。

(あれが囮罠札？　すごい効果……)

陽茉莉はじっと目をこらす。

囮罠札については、香代から習った。そこに自らの神力を吹き込むことにより疑似的に神力が強い人間がいるかのような錯覚を邪鬼に起こさせ、おびき出すための札だ。

他の札と同様に、その効力は札を作った祓除師の技量によって変わる。

そのとき、ざっと大きな突風が吹いた。陽茉莉はとっさに髪の毛を押さえ、目を瞑る。「ギャー」という叫び声が遠くから聞こえた。

恐る恐る目を開くと、目の前には普段と変わらぬ街の光景が広がっていた。先ほどまでうじゃうじゃいた邪鬼は、ひとりもいなくなっている。そして、澄ました様子の相澤と尻尾を振るオオカミ姿の悠翔がこちらに近づいてくるのが見えた。

ヒュウッと高塔が口笛を吹く。

「さすが狼神になると違うな。あの数を一掃か」

（さっきの邪鬼を一掃？　すごい！）

少なく見積もっても十五体はいた。それを、一瞬ですべて祓ってしまうなんて。

「待たせたな。そっちはどうだった？」

陽茉莉たちの前で立ち止まった相澤は、陽茉莉と高塔の顔を交互に見る。

「新山ちゃんが全部祓ってくれたよ。中級に近いのもいたけど、全然大丈夫だったよ」

「陽茉莉が？　そうか」

相澤は陽茉莉に向かって、柔らかく目を細める。

「陽茉莉、すごいじゃないか。よくやったな」

「うん」

礼也さんには全然敵わないけれど、という言葉は口に出さずに呑み込んだ。

陽茉莉は人間であり、狼神様とは違う。自分ができることを一歩一歩確実に進めばいいのだ。それで、一日も早く雅也に認められる祓除師になれるように頑張ればいい。

相澤は陽茉莉を軽く抱き寄せると、背中に腕を回す。

「……うん、平気そうだな」

頭上からほっとしたような声が聞こえた。相澤は陽茉莉が祓除師として活動した後は毎回、こうして抱き寄せて陽茉莉に穢れがないかを確認する。

「うん。どの邪鬼にもそんなに近づいていないから大丈夫だよ」

陽茉莉は相澤の腕の中で、こくりと頷く。

そのとき、呆《あき》れたような高塔の声がした。

「おふたりさん、イチャつくなら家でやってもらえるかな？　子どもの前で、教育上よくないし」

「イチャついているんじゃなくて、陽茉莉に邪鬼の穢れが移っていないか確認しているんだよ」

「本当かな？　半分は頑張っている新山ちゃんが可愛くて思わず抱きしめたくなっただけのように見えるけど？」

高塔がからかうように言うと、相澤は眉間に皺《しわ》を寄せる。

「さっ。今日の任務も無事終了したし、帰りますか！」

あっけらかんとした高塔の性格は、邪鬼退治のちょっと緊迫した空気をいつも和《なご》ませる。陽茉莉と相澤は目を合わせると、くすっと笑い合う。

「帰りましょうか！」

「そうだな」

自然な流れで人間の姿に戻った悠翔を真ん中にして手をつなぐと、陽茉莉はゆっくりと歩き出した。

◆◆　2

一筆一筆、意識を集中して、心を込めて――。

魂を込めて描いた札からは、強い神力が感じられた。

「どうかな？」

「素晴らしいです。出会った頃の札とは比べものになりません」

完成したばかりの祓除札を見せられた香代は、にこにこと人のよい笑みを浮かべる。

「これであれば、以前は完全に祓うまで数枚必要だった邪鬼でも一枚で祓えると思いますよ。頑張りましたね」

「うん、ありがとう」

褒められたことが嬉しくて、陽茉莉ははにかむ。

雅也に対して認められるような祓除師になってみせると啖呵《たんか》を切ったのはいいものの、陽茉莉とて不安がなかったわけでない。けれど、こうして香代の指導もあって徐々に祓除師としての技量が上がっていることを自分でも感じることができ、やる気が湧いていた。

「それに、他の札もとてもよくできております。例えばこの幻姿札《げんしふだ》などは、幻姿の時間こそ短いけれど、その幻の出来栄えは見事でございました」

香代は机に並べられた札のうち一枚を手に取る。

幻姿札と呼ばれるこの札は、一時的に術者の幻影を作り出し邪鬼を視覚的に惑わせるものだ。先日相澤が使った囮罠札との大きな違いは、その幻影だ。囮罠札は架空の人間を作り出すのに対し、幻視札は術者そのものを作り出す。先ほど試しに使ってみたのだが、陽茉莉と瓜《うり》ふたつの人間が現れて、作った本人なのにびっくりしてしまった。

そして、その隣にあるのが結繋札《けっけいふだ》。術者と対象者を強固な紐《ひも》でつないで遠くに行かないようにするものらしいのだけれど、一体どんな状況でこれを使うことになるのかさっぱりわからない。迷子防止紐のようなもの？

札を眺めていると、香代が口を開く。

「今夜、詩乃《しの》様がいらっしゃるはずです」

「詩乃さんが？」

詩乃とは、隠世と現世を行き来して、現世にいるあやかしや祓除師に邪鬼退治の指令を出す神使の名前だ。長い黒髪が美しい和風美人だが、まるで昔話に出てくる人のように古風なしゃべり方をする。

思いを通わせる前の陽茉莉は、邪鬼退治の指令を受けるために相澤と会っていた詩乃のことを、相澤の恋人なのだと勘違いしたこともある。

（詩乃さんが来るってことは……）

陽茉莉はこくんと唾を飲み込む。

「強い邪鬼が現れたってことね？」

詩乃がわざわざ来るということは、早急に祓う必要がある凶悪な邪鬼が現れたことを意味する。なぜなら、邪鬼は世の中の至るところにいるからだ。

「詳細を存じ上げませんが、そのようです」

香代は陽茉莉の想像を肯定するように頷く。

（今夜か……）

だいぶ祓除師としての技量が上がってきたとはいえ、陽茉莉はまだまだ経験が浅い。

（大丈夫かな）

邪鬼に呑まれれば、自分が自分でなくなる。追い出すことや祓うことができなければ、遠くない未来に命を落とす。

そして、自分は邪鬼にとって格好の体を持っている。

怖くないと言えば、嘘になる。

（でも――）

陽茉莉はぎゅっと手を握りしめる。

雅也に認めてもらえるような祓除師になってみせると誓ったのだ。

（頑張らないと）

お腹にぐっと力を入れると、陽茉莉は気持ちを奮い立たせた。

その日の夜、香代の言った通り詩乃が現世にやってきた。

邪鬼退治の指令を受けるための会合の場所はいつも同じ場所——八幡神社の裏手にある和風カフェ『茶の間《ちゃま》』だ。

六人掛けのテーブルに、相澤、高塔、悠翔、陽茉莉、そして詩乃の五人が座る。

「ここ一週間ほど、御茶ノ水《おちゃのみず》駅付近で邪鬼が目撃されておる。ワンピースを着た若い娘の姿をしておるそうじゃ」

「人の姿をしているの？」

「そう聞いておる。ただ、その姿はどこかおぼろげだったようじゃ」

陽茉莉の質問に詩乃は頷くと、本日のおすすめドリンクである抹茶オレを飲む。

「ってことは、中級かややその上くらいの強さだな」

陽茉莉の隣に座る相澤が顎に手を当てる。

「断言はできないが、そうじゃな。ぎりぎり完全な人型をとれる程度に強力な邪鬼じゃ。決して弱くはない」

（ぎりぎり人型がとれる程度に強力……）

邪鬼にはその力の強さによっていくつかランクがある。詩乃や相澤から聞いた話によると、それはこの世への未練の強さで決まるようだ。

さほど未練がない邪鬼であればそもそも人の姿をしておらず、黒い影のような見た目をしている。逆に、未練が強ければほとんど人と見分けがつかない。以前、相澤が狼神様になるきっかけになった強力な邪鬼は、見た目は完全に人間そのものだった。

そして、長い間現世を彷徨《さまよ》い続けて凶悪化したものの中には、鬼のように角が生えているものもいるという。

(油断しないようにしないと……)

陽茉莉は緊張からぎゅっと手に力を込める。自分が足を引っ張ったらどうしようという不安もあった。

「中級か。まっ、大丈夫じゃないか？　なんせ、こっちには狼神様がいる」

そのとき、高塔がいつものように軽口を叩いた。

「そうだね。お兄ちゃん強いもん」

高塔に同意するように、悠翔が得意げに言う。

すると、なんだかその場の空気が急に軽くなった。

「こら、悠翔。ちゃんと警戒心を持て。信頼されすぎるのも考えものだな」

相澤にこつんと頭を小突かれて、悠翔は「はーい」とぺろっと舌を出す。

「じゃ、ちゃちゃっと退治しに行きますか」

高塔はそう言うとすっくと立ち上がり、会計伝票を持ってレジに行ってしまった。

（相変わらず、かっる！）

でも、その気楽さに今は助けられた。少なくとも、先ほどよりは緊張の糸が解《ほぐ》れたのを感じた。

（よし、頑張るぞ！）

陽茉莉は気合いを入れると、いつも札を入れているミニバックにそっと手を触れた。

◆◆

3

詩乃と別れた後、陽茉莉たちはその足で御茶ノ水駅に移動した。中級以上の邪鬼は人を呑む可能性が高いので、一刻も早く退治しなければ危ないのだ。

午後八時過ぎ。

中央線《ちゅうおうせん》のホームから改札を出ると、思った以上に夜の街はまだ活気があった。オフィス街が多いこの駅は、夜になっても仕事帰りの人や飲み屋で一杯やる人たちががたくさんいるのだ。

「ここは明るすぎるから、いるとしたら裏道だろうな」

高塔がのんびりとした口調で言う。

「そうだな」

隣にいる相澤も高塔の意見に同意した。

邪鬼は明るい場所を嫌う。煌々《こうこう》と街灯に照らされたこの通り沿いに潜んでいるとは考えにくかった。

「じゃあ、まずはその邪鬼を探そう。俺は新山ちゃんとこっちを回るから、礼也たちは向こう側よろしく」

「わかった。陽茉莉を頼む」

「俺に任せろ」

高塔はにっと歯を見せて笑うと、親指を立てる。

陽茉莉は高塔と一緒に、人通りの少ない路地へと向かった。

邪鬼を祓うための詩乃からの指示はいつだって曖昧だ。大体の場所とその邪鬼の簡単な見た目しか知らされないので、現場に着いてから歩き回って探すしかない。

薄暗い裏通りを歩き始めると、すぐにもぞもぞと蠢《うごめ》くものに遭遇した。

「えいっ」

「ギャッ」

祓除札を投げつけると、邪鬼たちは小さく悲鳴をあげて次々と隠世へと旅立つ。

陽茉莉は彼らが先ほどまでいた辺りに向かって「ご冥福を」と呟いた。

その後、しばらく辺りを歩いたが、邪鬼には会わなかった。

（いないな……）

陽茉莉は自分の周囲を見回し、耳を澄ます。遠くのほうから聞こえる酔っ払いの陽気な大声以外は、なにも物音はしない。

「高塔副課長。思ったんですけど、私、お守りの力を消しておいたほうがよくないですか？　そのほうが邪鬼を引き寄せられるから」

陽茉莉は普段、相澤が作ってくれた邪鬼除けのお守りを持っている。

最近香代から教えられて知ったが、このお守りも祓除師が作れる札の一種で、守護札と呼ばれるものだ。これがあると邪鬼から襲われにくくなる。

本来神力が強い人間の体は邪鬼たちにとって喉から手が出るほど欲しいもの。もし、この守護札のお守りを手放そうものなら、陽茉莉はあっという間に邪鬼に取り囲まれてしまう。だからいつもは肌身離さず身につけているが、今日は件《くだん》の邪鬼をおびき寄せたいので、ないほうがいいように思う。

「そうすると、すぐに邪鬼が来ちゃうと思うけどいいの？」

高塔は呑気に陽茉莉に聞き返す。

いいと思ったから聞いているのですが？という台詞はすんでのところで呑み込んだ。

「よし。これでいいかな」

陽茉莉は相澤からもらったお守りに、一枚の札を貼りつける。無効札と呼ばれるこの札は、他の札の効き目を一時的に打ち消すものだ。

(さて、もう一度歩いてみようかな)

陽茉莉は早速歩き始める。すると、すぐに変化は訪れた。

「キヒヒッ」

どこからか耳障りな声がした。そちらに目を向けると、ぽっかりと穴の開いたような目でこちらを見つめる、真っ黒な物体と目が合う。

(いたっ!)

しかも、邪鬼は一体ではなく複数だ。

陽茉莉はあらかじめ用意していた祓除札を片手に持ち、素早くそちらに投げつける。それらは見事に邪鬼たちに命中して「キャアア」と悲鳴があがった。体がモヤのように霞《かす》み、やがてなにもなかったかのような静寂が訪れる。

「新山ちゃん、お見事!」

近くにいた高塔が、冷やかすようにヒュウッと口笛を鳴らす。複数の邪鬼を一撃で祓えたことに、ほっとした。

「でも、あれは私たちが探しているのとは違う邪鬼でしたね」

「そうだね。人型じゃないし、弱すぎる。でも、新山ちゃんが守護札を外した今、探すまでもなく次々来ちゃうと思うよ？」

そう言ったと思ったら、高塔が勢いよく背後を振り返り片手を振る。その手の動きに合わせて近くで風が巻き起こり、そこに潜んでいた邪鬼たちが悲鳴をあげた。

高塔は追い打ちをかけるように、陽茉莉の作った特製の祓除札を投げつける。

「ギャッ」と言う声がして邪鬼たちが倒れる。

「新山ちゃん」

「はい」

陽茉莉は慌てて祓除札を一枚投げる。すると、彼らはふわふわのモヤのように姿を消した。祓われて、隠世に送られたのだ。

「いやいや、これはすごいね。新山ちゃん大人気だ」

「え？」

息つく間もなく発せられた意味ありげな言葉に、陽茉莉は辺りを見回す。

（うそ！　こんなに!?）

気付けば陽茉莉の周囲を取り囲むように、無数の邪鬼がいた。ただ、あやかしである高塔がすぐそばにいるせいか陽茉莉に直接触れてこようとはせず、遠巻きにこちらの様子をうかがっている。

「これは久しぶりにいい運動になりそうだよ」

ははっと笑った高塔が動き出した瞬間、その場にいた邪鬼たちが蹴散らされ始める。ある者は札に当たって悲鳴をあげ、またある者は危険を感じて逃げ出していた。

「すごい！」

陽茉莉は驚きの声をあげる。

相澤とペアを組んでいたベテランのあやかしなのだから強いことはわかっていたけれど、これは想像以上だ。

そのとき、陽茉莉は道の奥にうずくまる人影を見つけた。若い女性のようで、じっと下を向いて動かない。

（あの人、大丈夫かな？）

陽茉莉も昔、通勤途中に貧血を起こして道路の端で動けなくなったことがある。他人事《ひとごと》に思えず、思わず声をかけてしまった。

「あの、すいません。大丈夫ですか？」

「すみません。ちょっとたいちょうがわるくて」

女の人が顔を上げる。一重まぶたですっきりとした顔立ちのその女性の表情は、夜の薄暗い中でも青白いことがわかった。

（うわ、すごい顔色悪い）

陽茉莉は驚いた。

「タスケテください」

女性が小さな声で呟くのが聞こえた。言葉がどことなくぎこちないので、もしかしたら外国人なのかもしれない。

「もちろんです。人を呼んできましょうか？」

陽茉莉はこくこくと頷く。邪鬼退治の最中とはいえ、こんなに体調が悪そうにしている人が目の前にいるのに放っておくことなどできない。

「……いどうするためにてをかしてほしいの」

「手ですね」

陽茉莉はその女性が立ち上がるのを助けようと、手を差し出す。その手が触れた瞬間、遠くでたくさんの邪鬼を相手にしていた高塔の叫び声が聞こえた。

「新山ちゃん、さわるなっ！　そいつだ！」

「え？」

陽茉莉はその女性を見つめる。先ほどまで明らかに体調が悪そうに見えた女性はにんまりと口の端を上げる。

「ツカマエタ」

目が合った瞬間、ゾクッと寒気がした。

(この人、人間じゃないっ!)

握られた手が急激に重くなる。陽茉莉はとっさにその手を勢いよく振り払った。反動で、女性が地面に倒れる。

「ひどいわ。タスケテクレルッテイッタノニ」

すすり泣くような真似をする邪鬼の姿に、背筋に冷たいものが伝うのを感じた。

――ワンピースを着た、若い女!

よくよく見ると、女は詩乃から聞いた特徴通りだ。

「あなたのからだ、ステキね。チョウダイ」

再び触れられそうになり、陽茉莉は慌てて後ろに下がって距離を保つ。

「えいっ!」

持っていた祓除札をその女に向かって投げつける。女はひらりとそれを避けた。

(動きが速い!)

いつもなら命中するはずの祓除札が当たらない。札は命中しなければ、その効果を発揮できない。

(なんとかして動きを封じ込めないと)

でも、縛呪札を使ったところでまた避けられてしまうだろう。

(どうする? ……そうだっ!)

陽茉莉は一瞬で作戦を練ると、女とは反対方向に一気に走り出した。

まずは、あの女の邪鬼から逃げないと。

「まって！」

女の叫び声が聞こえたけれど、無視して必死で走る。人ひとりやっと通れるような路地を見つけ、そこに身を隠した。

「こっちにいるのはわかっているの」

女の声が聞こえる。

守護札に守られていない陽茉莉は、強力な神力を周囲に発する。姿が見えなくても、邪鬼には乗っ取るのに格好の人間がいると簡単に認知できるようだ。

じっと息を潜め、邪鬼が近づいてくるのを待つ。ひたひたと足音が聞こえてきた。

（今だ！）

陽茉莉は持っていた幻姿札を自分の目の前に投げる。それは一瞬にして、陽茉莉と同じ姿へと変わった。

（よし、走れ！）

強く念じると、もうひとりの自分が通りに向けて走り出す。

「ミツケタ」

邪鬼はまんまと騙《だま》され、すぐさまその幻姿を追いかけ始めた。

（よし。うまくいった）

けれど、のんびりしている暇はない。陽茉莉の作る幻姿札の効力はせいぜい一分程度しかないのだから。さらに、効果が切れる前に幻姿に触れられてしまえば簡単に偽物だと見破られてしまう。

陽茉莉は手に一枚の札を握りしめると、通りへと飛び出す。

「こっちよ！」

陽茉莉の叫び声に気付いた邪鬼が振り返る。

（よし、狙い通り！）

こちらを振り返った邪鬼はどういうことか理解できず動揺したようで、動きを止める。陽茉莉はその隙を見逃さなかった。

「えいっ」

投げつけた縛呪札は見事に邪鬼に命中し、その動きは封じられた。

（二枚で足りるよね）

最後に、陽茉莉はポケットに入れていた祓除札を取り出し、狙いを定めて投げつける。動きを封じていたおかげで、祓除札は二枚とも邪鬼に命中した。

「キャアアー」

甲高い悲鳴と共に、ワンピース姿の女の姿が薄くなる。

「倒した……？」

陽茉莉はほっとして邪鬼に近づこうとする。そのとき、どこからか「未熟者が！きちんと見ろっ！」と鋭い声がした。

「えっ？」

陽茉莉はびくっとして動きを止める。人の姿をなしていない邪鬼の片手がぴくりと動き、こちらに伸びる。

「チョウ……ダイ」

（まだだっ）

慌てた陽茉莉は残っていた祓除札をもう一度投げつける。すると、か細い悲鳴と共に黒い影がかき消えるのが見えた。

辺りを静謐《せいひつ》が包む。遠くから、酔っ払ったサラリーマンたちが大騒ぎする声が微かに聞こえてきた。

（今度こそ、倒した？）

無我夢中だったけれど、先ほどのことを思い返すと体が震える。一歩間違えば、自分はあの邪鬼に呑まれていたかもしれない。さらに、最後も完全に祓えないまま不用意に近づいて、危うく邪鬼に直接触れられてしまうところだった。

――パチパチパチ。

静寂を破るような拍手に、陽茉莉はハッとした。

「……雅也さん？」

誰もいない通りに、ここにはいないはずの雅也がいた。

（もしかして、さっき声をあげたのは雅也さん？）

雅也は陽茉莉から少し離れたところに佇《たたず》んでいた。灰色と黒の袴姿で、長めの銀髪の毛先が風に揺れている。

「なかなかよい祓いっぷりだったな。思っていたよりもずっと早かった。見事だ」

雅也は陽茉莉と目が合うと、わずかに口の端を上げる。

（なんでここに？）

予期せぬ人の登場に、陽茉莉は戸惑った。

雅也の肩越し、後方には未だにわらわらと集まる邪鬼を退治し続ける高塔の姿が見える。高塔の攻撃をくぐり抜けて陽茉莉のほうへと近づいてくる邪鬼の存在に気付き、陽茉莉は表情を強ばらせる。

——ひゅん。

陽茉莉が札を準備するより早く、雅也が背後に向けて手を払うような仕草をする。それに合わせ、鋭さのある一陣の風が吹く。一瞬でその邪鬼たちが消え去るのが見えた。

「まだ未熟さが目立つが、約束は約束だ。お前と礼也の結婚を認めよう」

「え？」

陽茉莉は突然言われた言葉に、驚いて目を見開く。

（あ、もしかして――）

雅也は陽茉莉に、中級以上の邪鬼をひとりで祓えたら相澤との結婚を認めると言った。今さっき、陽茉莉は邪鬼をひとりで祓った。そして、その強さは中級だった。

（ずっと見ていたの？）

陽茉莉は雅也を見返す。

相澤によく似ているが、相澤よりも冷淡な印象を受ける。整ったその表情からは、なにもうかがい知ることができない。

「陽茉莉！」

不意に、自分を呼ぶ声がした。

「礼也さん？」

「大丈夫か？　こっちのほうから邪鬼の気配を感じたんだが――」

焦ったように駆け寄ってきた相澤を、陽茉莉は見返す。相澤の瞳には、心配の色と共に、陽茉莉が無事でほっとした安堵の色が浮かんでいる。

「……礼也さん。私、やったよ」

そう言いながら、自分がなにをやり遂げたかを実感してじわじわと嬉しさが込み上げる。

「邪鬼をひとりでやっつけたよ。中級以上だよ」

陽茉莉は堰を切ったかのように、しゃべりだす。

雅也に認めてもらえた。これで相澤の花嫁になれる。そう思うと、嬉しくて涙がぽろぽろとこぼれ落ちる。

「さっき雅也さんが——」

そう言いかけて、陽茉莉は言葉を止める。

(雅也さん、いない……)

陽茉莉は周囲を見回す。つい先ほど確かに陽茉莉の目の前に現れたはずなのに、雅也の姿はどこにもなかった。

「陽茉莉?」

相澤の戸惑ったような声が聞こえた。

(礼也さんが現れる前に姿を消してしまうなんて)

きっとあの約束をした日以降、誰にも気付かれないように陽茉莉のことを見守っていてくれたのだろう。

ぶっきらぼうで陽茉莉には冷たい態度しかとらないあの人の優しさに、ジーンと胸が温かくなる。

「礼也さん、私をあなたの花嫁にしてくれますか？」

「当たり前だろう。俺の花嫁はこれまでもこれからも、陽茉莉以外いない」

はっきりと言い切った相澤を見上げ、陽茉莉は笑みをこぼす。

相澤の大切な人は、やっぱり素敵な人だった。

そんな人に認めてもらえて、大好きな人と結ばれる。

そのことが、なによりも嬉しかった。

第三章　狼神様と新生活

◆◆

1

金曜日であるこの日、陽茉莉はお昼過ぎには仕事を終えて自宅に戻った。相澤と約束して、半日の有給休暇をもらったのだ。

事前に相澤が用意してくれた一枚の紙に、自分の名前を書き込む。

「〝新山陽茉莉〟っと。書けたー」

書き間違いがないことを確認した陽茉莉は、その紙――婚姻届を両手で持ち、上にかざす。

小さな頃から、何千回、ひょっとすると何万回も繰り返してきた〝名前を書く〟という行為だけれど、今回ばかりは思わず感傷に浸ってしまいそうになる。

「よし。じゃあ、一緒に役所に出しに行こうか」

「はいっ！」

陽茉莉は笑顔で頷く。

相澤は今さっき陽茉莉が記入した婚姻届をクリアファイルに挟むと、それを自分の鞄へとしまった。

（今日が結婚記念日になるってことだよね）

壁に貼ってあるカレンダーを見ると、今日の日付の右下に赤文字で大安と書かれている。

（狼神様と大安吉日に結婚か。幸先いいかも！）

いやがうえにも浮き立つ気持ちを抑えるのが難しい。

陽茉莉は仕事用のスーツから着替えて少しだけお洒落をすると、相澤と出かけた。

区役所に着くと、案内の職員に婚姻届の提出先を尋ねる。

「ここかな？」

教えられた窓口には、数組のカップルが並んでいた。陽茉莉たちもその後ろに並ぶ。

あらかじめ用意していた戸籍謄本などと一緒に提出すると、窓口の女性は慣れた様子でそれらの書類を確認してゆく。ものの数分で手続きは終わってしまった。

「確かに受理いたしました。おめでとうございます」

にこりと微笑んで言われたのは、きっと定型の祝辞だろう。けれど、今日の〝おめでとう〟は特別嬉しく感じた。

「来週、また平日にお休みをもらって免許とかの書き換えに行かないと」

「そうだな」

相澤が、優しい口調で相槌を打つ。

（私、新山陽茉莉じゃなくなったんだよね）

先ほど婚姻届が受理されたのだから、この瞬間陽茉莉はすでに〝相澤陽茉莉〟になっている。

（ようやく……）

相澤とアレーズコーポレーションで再会してから今日までのことが、走馬灯のように駆け巡る。本当に、今までの自分では信じられないようなことがたくさん起こった。

「これからよろしく、奥さん」

相澤が陽茉莉の顔を覗き込み、軽口を叩くように言う。

「よろしくお願いします。旦那様」

様々な障害を乗り越えてようやくこの人の妻になれたのだと感じ、胸にじーんとしたものが広がる。

なんだかちょっぴり気恥ずかしくなり、陽茉莉は相澤から目を逸らした。

「思ったより早く終わっちゃいましたね」

「そうだな」

まだ区役所に来てから三十分しか経っていなかった。

「よし。まだ時間はたくさんあるな。第一回の結婚記念日を祝ってデートしよう」

相澤はふっと笑みを浮かべると、陽茉莉の手を握った。

陽茉莉は後ろに流れてゆく車窓を眺める。

(なんだか不思議だなあ)

自分にとっては人生最大の大転換の日だったのだけれど、街はいつもと変わらぬ景色を映しているなんて。

「どこに向かっているんですか?」

陽茉莉は車を運転する相澤に尋ねる。いつも首都高速に乗ると、複雑に絡んだ道路のせいで、たちまち自分がどっちの方角に向かっているのかわからなくなってしまう。

「陽茉莉が前に行きたがっていたところ」

相澤はハンドルを握って前を向いたまま答える。

「私が?」

陽茉莉は小さく首を傾げる。

相澤と暮らし始めてから、何気ない日常の会話でどこどこに行きたいという話をした記憶はある。でも、一体どこだろう。

そんな陽茉莉の疑問は十数分後には解決した。

「わあー、近くで見ると本当に大きい!」

首を大きく仰《の》け反《ぞ》らせ、天を仰ぐ。そびえ立つ真っ白な巨塔は、想像以上の大きさだ。

「スカイツリー、上りたいって言っていただろ?」

「はい! でも、ここって事前に予約がいるんじゃありませんでしたっけ?」

「予約してある。狼神にも天気は操作できないから、晴れてよかったよ」

相澤はにっと笑うと、陽茉莉の手を引いてカウンターへと向かう。

展望台までは、高速エレベーターであっという間だった。エレベーターを降りると、三百六十度がガラス張りで見渡せる展望台が広がっていた。

「礼也さん、見てください。すごいです。車があんなに小さい!」

窓から見える眼下の景色に、思わずはしゃいでしまう。

今日はとてもよく晴れている。今の季節の澄んだ空気のおかげもあって、遠くに富士山がくっきりと見えた。

「礼也さん。あそこ、うちの辺りじゃないですか? ほら、あのビルが——」

陽茉莉は自宅の近くにある特徴的な外観の高層ビルを見つけて、指をさす。相澤もすぐにその建物を見つけたようだ。

「そうだな。……マンションはさすがに見えないか」

「ですね」

あの高層ビルのもう少し南側に陽茉莉たちの住んでいる低層マンションがあるはずなのだけれど、あいにくそれは認識できなかった。

ゆっくりと移動しながら、景色を眺める。遠くに、東京《とうきょう》ドームの真っ白な屋根が見えた。

「あ、あの辺りはこの前邪鬼退治したところかな？」

「そうだな。あのすぐ近くだ」

相澤も頷く。

ここからこうやって眺めていても、ただの平和な光景にしか見えない。けれど、そこにはたくさんの邪鬼が潜んでいて、相澤たちのように邪鬼退治をしているあやかしや祓除師たちがいるなんて本当に不思議だ。もしも相澤と巡り会わなかったら、陽茉莉はそのことを一生知ることがなかっただろう。

ちらりと横をうかがい見る。陽茉莉の視線に気付いた相澤が、こちらを向いた。目が合うと、すっきりとした目元を柔らかく細める。

「……っ！」

なぜか今日は、相澤がいつも以上に格好よく見える。

（目が合うだけでこんなに胸がときめくなんて、私ってば明日から大丈夫なの？）

すでに何ヶ月も一緒に住んでいるのだから大丈夫に決まっているのだけれど、こんなに素敵な人が私の旦那様だなんてっ！と心の中で叫んでしまう。

だいぶ幸せボケしている自覚はあるけれど、今はこの幸せな時間に浸っていたい。

「綺麗ですね」

「そうだな」

「次は、悠翔君も連れてきてあげましょう」

「ああ。きっと喜ぶな」

陽茉莉の提案に、相澤もにこりと頷いた。


その後はぶらぶらと歩いて浅草《あさくさ》まで向かい、東京観光の定番である浅草寺《せんそうじ》にお参りに行った。狼神様がお寺をお参りするのはどうなのだろうと思ったけれど、相澤の様子を見る限りそれはあまり気にしなくていいらしい。

陽茉莉はふと空を見上げる。

楽しい時間が過ぎるのはあっという間で、いつの間にか空が茜色に染まりつつあった。車に乗り込んだ陽茉莉がスマホを確認すると、もう夕方の五時近い。

「今日、楽しかったです。あんまり礼也さんとデートらしいデートをしたことがないから」

「そうだな。もっと行けるといいんだけど」

予定がない週末も、悠翔を連れて三人でお出かけすることが多い。それはそれでとても楽しい時間なのだけれど、たまにはこういうのもいいなと思った。相澤と気持ちを通わせてから、ふたりでデートを楽しんだのは今日が初めてかもしれない。

「残念だけど、そろそろ帰らないとかぁ……」

本音を言うと、もう少しだけふたりの時間を楽しみたい。けれど、そろそろ悠翔も帰宅する時間だし、帰って夕食を作らないといけない。

「今日はまだ大丈夫だよ。悠翔なら、香代に頼んで親父のところに行っているから」

「え？　お父さんのところ？」

意外な言葉に、陽茉莉は目を丸くする。てっきり、学校の後いつものように学童保育に行っていると思っていたのだ。

（どうりでのんびりしていると思った）

「大丈夫なんですか？」

陽茉莉は心配になって、そう尋ねる。

「大丈夫だよ。これまでも俺が邪鬼退治のときは親父のところで過ごしていたし。あそこには、親父がいないときも香代たちがいるから安心だ」

（……あれ？）

陽茉莉はふと疑問を覚える。

相澤は陽茉莉に契約夫婦になることを持ちかけたとき、『弟の面倒を見てほしい』と言った。邪鬼退治の際などに悠翔の面倒を見る人がいなくて困っているのだと。

車が道路から逸れて大きなホテルの敷地へと入る。陽茉莉は車の外を見た。

（あ、ここ……）

豪華なエントランスに見覚えがあった。車寄せから見える両開きの大きなガラス扉の前には、きっちりと制服を着込んだホテルマンが数人立っている。

「ここ、マノンリゾート東京？」

「そう。せっかくだから、予約したんだ。行こう」

以前、ここの契約を取るために相澤と悠翔と三人で一緒に泊まった。まだお互いに気持ちを通じ合わせる前だったけれど、相澤の仕事に対する真摯な姿勢を見てますます彼に惹かれるきっかけになった思い出の場所だ。

「えっと、２２０１号室」

相澤がカードキーに書かれた番号を確認する。

案内されるがままに部屋に到着する。中に入って最初に目に入ったのは、東京の夜景だった。

「わー、綺麗！」

すっかり夜の帳《とばり》が降りた街には、煌々と明かりが灯っていた。どこまでも煌《きら》めくビル群が続いている。

「さっきのスカイツリーに比べると高度が低いけど、これはこれでいいよな」

「これでも十分高いですよ。すごく素敵です」

陽茉莉はこくこくと頷く。

「夕食、前回は行かなかった鉄板焼きのお店を予約しているから行こう」

「はい！」

「あとは、以前行ってみたいって言っていたバーにも行ってみようか」

陽茉莉はびっくりして瞠目《どうもく》する。

「礼也さん、覚えていてくれたんですか？」

「当たり前だろう。陽茉莉が言った言葉は、なんだって覚えている」

「ふうん？」

「陽茉莉、信じていないだろ？」

眉間のあたりをこつんと小突かれる。

「あははっ」

なんだって覚えているというのはさすがに言いすぎだと思う。けれど、何気ない会話を大切にしてくれていることが伝わってきて、とても嬉しく感じた。

鉄板焼きのレストランはお洒落な雰囲気で、すべての席がカウンター形式になっていた。シェフが目の前で新鮮なお肉や魚介類を焼いてくれるスタイルだ。

「美味しい……！」

肉を焼くだけなのに、自宅では絶対に再現できない美味しさ。

一体この差はなんなのだろうと不思議でならない。

口に入れると、肉がとろける。デザートまで出たフルコースに、大満足だ。

その後、最上階のバーにも行くことができた。

「いらっしゃいませ」

シックな雰囲気のバーの入口には、ホテルマンがひとり立っていた。店内にはカウンターの他に、ソファー席もあった。

ホテルマンは陽茉莉たちをカウンター席へと案内する。ちょうど生演奏の時間で、サックス奏者が音楽を奏でていた。

バーテンダーの立つカウンター越しに、東京の夜景が広がっている。先ほど部屋から見えたのとは景色が違う。

「なににしようかな」

わくわくしながらメニューを眺める。

バーといえば、陽茉莉はいつも潤ちゃんの経営するハーフムーンに行く。毎回ジントニックばかり飲んでいるけれど、今日はせっかくなので、バーテンダーおすすめのカクテルを頼んでみた。

「乾杯！」

カチンと小気味よい音が鳴る。グラスを傾けてひと口飲むと、ピーチジュースベースの甘い味わいが口の中に広がった。

「そういえば礼也さん。今日、悠翔君は礼也さんが邪鬼退治をしているときによくお父さんのところで預かってもらっていたって言っていましたよね？」

「ああ、そうだけど？」

「私、礼也さんに契約夫婦を持ちかけられたとき、悠翔君の面倒を見る人がいないから困っているって聞いた気がするのですけど……」

雅也のところにいつでも預けられるなら、相澤があのとき言ったことは嘘になる。

「ああ言わないと、陽茉莉は俺の提案に乗らなかっただろ？」

悪びれることもなくそう言う相澤に、ちょっと呆れてしまった。

でも、確かに相澤の言う通り、ああ言われなかったら陽茉莉は契約夫婦という突拍子もない契約に同意しなかっただろう。

「前にも言ったけど、陽茉莉を俺の花嫁にするって最初から決めていたから」

お酒を片手にさらっと言われた台詞に、嬉しいやら恥ずかしいやら。

あのときからずっと好きでいてくれたのだと改めて感じて、胸がいっぱいになった。

一時間ほどバーでゆったりと過ごしてから、陽茉莉たちはホテルの部屋に戻った。

「礼也さん、今日は色々企画してくださってありがとうございます」

一緒に婚姻届を出しに行こうと約束はしていたけれど、それ以外はすべてサプライズだった。

「陽茉莉の喜んだ顔を見られたから、よかった」

相澤は優しく目を細めると、陽茉莉を抱き寄せてソファーに座る。

「結婚指輪、今度作りに行こう」

「うん」

「陽茉莉の花嫁姿、楽しみだな」

普段は陽茉莉に余裕のある態度しか見せない相澤が、今日は少し浮かれているように見えた。

「礼也さん、浮かれているの？」

ここぞとばかりに、陽茉莉はちょっとからかい口調で尋ねる。

「浮かれているよ。何年も想い続けていた人を、名実ともに嫁にできる」

てっきり『そんなことはない』と返されると思っていたのに、予想外の素直な返事に聞いたこちらが気恥ずかしくなる。

〝何年も思い続けていた人〟が自分だなんてやっぱり信じられない気持ちで——。

（そういえば、今日は満月……）

窓の外には、丸い月が見えている。

オオカミのあやかしの血を引く相澤は満月の夜になるとその性質が強くなるようで、いつもちょっと強引かつ妖艶《ようえん》になる。

(今日は悠翔君もいないし、初夜だし……)

そう考えると、急に意識してしまって胸がどきどきしてきた。

満月の日は、悠翔がいても結構強引に迫ってくることが多い。今日も強引に迫られちゃう!?

少しの沈黙ののち相澤の顔が近づいてきて、陽茉莉は目を閉じる。唇に柔らかいものが触れ、やがてそれは深い口づけへと変わった。

「ん……」

蕩けるようなキスに、鼻から抜けるような声が漏れる。陽茉莉が思わず相澤の胸元をぎゅっと掴もうとしたそのとき、急に温もりが遠ざかった。

「さてと。もう遅いからそろそろ寝ようか」

「え?」

てっきりここからふたりの夜が始まるのだと思っていた陽茉莉は、その言葉に呆気《あっけ》にとられる。

時計をチラッと確認すると、夜の十一時を過ぎていた。遅いといえば遅いけれど、そんなに急いで寝なくてもいい時間な気が……。

「礼也さん、もう寝るんですか？」

「そのつもりだけど、なにかあった？」

質問に質問で返され、言葉に詰まる。

もっといちゃいちゃしていたいですとは恥ずかしくて言えないけれど、ストレートに気持ちを伝えるならばもっといちゃいちゃいしていたい。

だって、今日は初夜だよ？　特別な日だよ？

「なんかいつもと様子が違う気がして……」

「いつもって？」

「なんかこう……ちょっと強引に迫ってくるというか……」

言いながらだんだんと声が尻すぼみになる。

相澤は満月の日はいつもと様子が違って妖艶なことが多いのに、今日はその変化が見られない。

「へえ、迫られるのを期待していたんだ？」

にっと口の端を上げてちょっと黒い笑みを浮かべた相澤を見たとき、してやられたと思った。

あっと思う間もなく、陽茉莉はソファーに囲い込まれるような格好になる。

「礼也さん、わざとやりましたね？」

陽茉莉はきっと相澤をにらみ上げる。

「なにを？」

「私が――」

私がちょっかい出してほしそうにするのを見越して――と言いかけて、口に出すのが恥ずかしくて口を噤《つぐ》む。

「意地悪っ！」

「意地悪なのが好きなんだろ？」

「そんなことないもん」

「じゃあ、意地悪なのも好き？」

図星をつかれて羞恥《しゅうち》から顔が赤くなるのを感じた。相澤のことは、優しいときも意地悪なときも、全部好きだ。でも、今日の相澤は本当にとことん意地悪だと思う。

「ええ、好きですよ！　好きだから――」

陽茉莉は半ばやけくそで叫ぶ。

「ちゃんと私のこと、愛してください」

両手を広げて相澤の首に回し、自分から触れるだけのキスをする。相澤の目が驚いたように見開いた。

「ああっ、くそっ！」

相澤が吐き捨てるように言う。

「今日は浮かれていて陽茉莉をめちゃくちゃにしちゃいそうだから、自分を抑えようと思っていたのに」

「抑えないでください」

「言ったな？」

相澤は器用に片眉を上げる。

ひょいっと体が浮かび、軽々と抱き上げられた。そのままベッドへ運ばれ、相澤が覆い被さってきた。

熱を孕んだ眼差しで見つめられると、この後どれだけ高みに押し上げられるのだろうと体が熱くなる。

「陽茉莉、好きだ」

この余裕のなさに、自分を求められている気がしてゾクッとする。

「私も礼也さんが好き」

こちらを見つめる目が嬉しそうに細まった。

「今夜は、思う存分愛すよ」

「あの、お手柔らかに」

「陽茉莉のお願いでも、それは聞けないな。抑えずに、強引に迫ってほしいんだろ？」

自分で言った言葉だけれど、改めて言われるとすごく恥ずかしい。

少し黒い笑みを浮かべた相澤に陽茉莉のお願いは呆気なく拒否され、そのまま強引に唇を塞がれる。

「陽茉莉、一生大切にする。俺の花嫁……」

どこか急《せ》いたような掠《かす》れた声で、耳に直接吹き込むように囁かれる。

この日、陽茉莉は天界でも現世でも名実ともに狼神様と夫婦となった。

◆◆　2

四月は出会いと別れの季節だ。

陽茉莉の勤めるアレーズコーポレーションでも、年に一回の大きな人事異動がある。新しいメンバーを迎えて毎回気が引き締まるけれど、今年は特別緊張した。なぜなら、今回は自分が異動する側だったから。

「営業部第一課から異動してまいりました、新山陽茉莉です。一日も早く仕事を覚えて皆さんの戦力になれるよう頑張りたいと思います。よろしくお願いします！」

陽茉莉は少し緊張した面持ちで挨拶をすると、ぺこりと頭を下げる。パチパチと拍手する音が聞こえてきた。

「それじゃあ、新山ちゃんはあの席ね。わからないことがあったら隣に座っている安《あん》西《ざい》さんになんでも聞いて。もちろん、俺に聞いてくれてもいいけどね」

陽茉莉の新しい上司である高塔はそう言うと、陽茉莉に向かってパチンとウインクをした。高塔は今回の人事異動で昇格し、副課長から課長になった。

「はい。ありがとうございます」

陽茉莉は高塔に向かってお礼を言うと、今さっき教えてもらった席へと座る。今までの営業部第一課とまったく同じオフィスデスクなのだけれど、フロアも周囲に座っている人も変わったのでなんだか新鮮に感じた。

「新山さん。私、安西美帆《みほ》。よろしくね」

きょろきょろしていると横から声をかけてくれたのは、隣の席の安西さんだった。胸より少し長い髪の毛をひとつに結んだ、少しふっくらとした顔つきの女性だ。柔らかい笑顔が優しそうな雰囲気を漂わせているが、とても仕事ができると評判で主任の肩書きがある。実質的に、陽茉莉の指導役になる人だ。

「はい。よろしくお願いします！」

陽茉莉は笑顔で元気よく挨拶をする。

（第一印象、大事！）

営業部にいるときに様々なコミュニケーションスキルの研修を受講させてもらったが、そこで学んだことのひとつに〝初頭効果〟というものがあった。人は第一印象によってその後の全体的なイメージが大きく左右される——というものだ。

商品開発部は陽茉莉が入社当時から異動を希望していた憧れの職場。よい人間関係を築きたい。

話してみると、安西さんは気さくでしゃべりやすい人だった。入社十年目で、意外なことにお子さんがひとりいるという。若くして肩書きがあるので、てっきり仕事一筋の人なのだと思っていた。

（お子さんがいて、仕事もしっかりしていてすごいなあ）

目の前の人に、ちょっとした尊敬の念を抱く。陽茉莉に子どもはいないけれど、悠翔と一緒に住んでいるのでその大変さはなんとなくわかる。

「新山さんってさ、最近結婚したんだよね？　名字変えないの？」

「あ、はい」

安西さんが何気なく聞いてきた質問に、陽茉莉は内心うろたえる。

結婚したことで陽茉莉の名字は〝新山〟ではなく〝相澤〟となった。けれど、社内で女性社員に人気の高い相澤の結婚相手が自分だというのは、なんとなく気が引けてしまい、今も仕事では新山のままにしてあった。

結婚したことは職場の人に伝えていたが、相手が相澤であることは人事部や直属の上司など必要最低限の人にしか言っていない。だから、みんな陽茉莉の相手は社外の人なのだと思っているはずだ。

（つっこまれるかな……）

恐る恐る安西さんをうかがい見る。ぱちっと目が合った安西さんは数回瞬きしてから、にこりと微笑んだ。

「そっかー。最近、旧姓のまま働き続ける人も多いよね。営業部出身だと、お客様が名前を覚えてくださっている手前、余計にそういうことに気を使うのかな」

特に疑問に思われることもなく、安西さんはその話を終わりにする。

（つっこまれなくてよかった）

陽茉莉は内心、ほっと息を吐く。

その後、陽茉莉は同じチームになったメンバーひとりひとりに挨拶をする。斜め前に座っていたのは、陽茉莉より三年先輩の女性だった。

「わたし、岩崎友美《いわさきともみ》。よろしくね」

「はい。営業第一から来た新山陽茉莉です。よろしくお願いします」

「営業部第一課って、相澤さんがいたところ？」

「え？　あ、はい。そうです」

「やっぱり！」

ここでも相澤という名前が出てきて胸がドキッとする。

一方の岩崎さんは、よい話題が見つかったとばかりに饒舌にしゃべりだす。

「相澤さん、すごく仕事できるし格好いいって有名よね」

「営業成績は常にトップでしたね」

陽茉莉は頷く。

「商品開発まで噂が回ってきたよ。すごいやり手だって。彼、最近結婚したんでしょ？」

「そうですね」

「新山さんは、相澤さんの相手がどんな人なのか知っている？　同期の子が相澤さんファンで、すごーくショックを受けていたの」

「相手、ですか？　えーっと……」

背中に嫌な汗が流れるのを感じる。あなたの目の前にいる人がそうです、とは言い出しにくい。

「さりげなく聞いた人がいたらしいんだけど『すごく可愛い妻ですよ』ってナチュラルに惚気《のろけ》られたって！」

「あはは……」

すごく可愛い妻……。そう言ってくれるのは嬉しいけれど、ますます気まずくて言い出せない！

陽茉莉は結局、曖昧に言葉を濁してその場をやり過ごしたのだった。


その日の晩のこと。

夕食を囲みながら、陽茉莉は相澤に今日のことを話していた。

「指導役の方も同じチームの方もみんな優しそうでした」

「そう。うまくやっていけそう？」

「はいっ！」

「よかった。まあ、陽茉莉だったら大丈夫だと思ったから課長に異動を推薦したし、あそこには一馬もいるからそんなに心配はしていなかったけれど」

相澤はそう言うと、陽茉莉のお手製とんかつをひと口かじる。サクッという小気味いい音がした。

「そういう礼也さんはどうなんですか？」

「俺？」

「第三課に異動したじゃないですか」

「ああ、異動といっても同じ営業部内だし、そんなに変わらないよ」

相澤は口元に笑みを浮かべる。

「でも、企画商品とかこれまでにないものがたくさんありますよね」

「そうだな。その点については正直楽しみだな。営業第三は商品開発部ともよく一緒に仕事しているから、陽茉莉のお世話になることがあるかもな」

「確かに、営業第三は商品開発部とよく一緒に仕事しているイメージありますね」

「お客様からの要望に合わせて新商品を作るからね」

相澤は頷くと、小鉢に入った揚げ出し豆腐を箸で器用に切る。大根おろしを添えてだし汁に浸したこの料理はお手軽なので、もう一品欲しいときによく作っている。

「相談に乗れるように、頑張って仕事を覚えます」

陽茉莉は気合いを入れるように、箸を持っていないほうの手――左手で握りこぶしを作る。

今回の人事異動で、相澤は副課長に昇格した上で、営業部第三課――通称〝営業第三〟に異動した。

リラクゼーション用品の法人営業をしていた営業第一に対して、営業第三は企業から発注されたオリジナル商品を手がける。そのため、相手企業と綿密に打ち合わせを行い、ときに新商品を提案するなど、商品企画から携わるケースが多いのだ。

そして、新商品を開発することになれば、陽茉莉の異動先である商品開発部新商品企画課の出番となる。

（礼也さん、全然動揺していなくてさすがだなぁ）

これまでの営業第一課とは毛色が違う部分も多いはずだが、相澤はそのことをほとんど気にしていないようだ。

相澤の営業成績は営業部第一課でも頭ひとつ抜きん出ていた。こういう風に仕事に対して堂々とした姿を見ると、ますます惚れ直してしまう。

「明日、早速新しく担当することになった会社に挨拶しに行ってくるよ」

「そうなんですか？」

「うん。霧島《きりしま》コーポレーションの担当になった」

「霧島コーポレーションですか！」

霧島コーポレーションは全国に百以上の店舗を展開する日本有数のエステチェーンの運営会社で、古くからの大顧客でもある。

「霧島コーポレーション、傘下のエステチェーンで店頭販売している美容化粧品類のリニューアルを考えているみたいなんだ」

「美容化粧品類のリニューアル……」

霧島コーポレーションほどの規模の会社で化粧品のリニューアルをするとなると、動く金額も相当なものだと予想がつく。

「しばらくは、夜遅くなる日があるかもしれない」

「はい、わかりました」

陽茉莉はしっかりと頷く。新婚で夫が遅いのはちょっと寂しいけれど、だからといって仕事を中途半端に投げ出すような人であってほしくない。

「僕ももうすぐクラス替えなんだけど、まあ君と一緒になれるかな？」

とんかつを頬張りながら陽茉莉と相澤のやり取りを聞いていた悠翔が口を開く。

「そっか、悠翔君も三年生になるからクラス替えだね。誰と一緒になるか、楽しみだね」

まだ春休みだけれど、新学期開始はもうすぐだ。悠翔の今の最大の関心事は〝誰と一緒のクラスになるのか〟のようだ。

「まあ君と一緒になれるといいね。でも、たとえ一緒じゃなくても放課後一緒に遊べるよ」

「うん！」

悠翔は元気よく頷く。

「ごちそう様！」

元気のよい声と共に、悠翔がパチンと顔の前で手を合わせる。陽茉莉が見ると、悠翔のお皿は綺麗に空っぽになっていた。

「今日もよく食べたね」

「うん、美味しかったよ。お姉ちゃん、ありがとう」

悠翔はにこっと笑う。

(うう、可愛いっ！)

こんな風に笑顔を向けられると、いくらでも作れてしまう。

「どういたしまして。いつもいっぱい食べてくれてありがとうね」

嬉しくなった陽茉莉はにこりと微笑んで悠翔の頭を撫でる。悠翔は嬉しそうにはにかんだ。もうすぐ小学三年生とはいえ、まだまだあどけなさが抜けないその姿にきゅんきゅんが止まらない。

食事を終えた悠翔はいそいそと自分の使った皿を重ねると、キッチンのシンクへと運ぶ。お手伝いもしてくれて、毎回大助かりだ。

「これ、サクサクで本当に美味しいよ」

とんかつを食べていた相澤が陽茉莉の手料理を褒める。

「よかった。揚げ物は家で揚げると熱々サクサクで食べられるからいいですよね」

お惣菜《そうざい》屋さんの揚げ物ももちろん美味しいのだけれど、揚げ立てには敵わない。

「うん、肉汁が染み出てくる」

そう言った相澤は、ふと陽茉莉の皿を見て箸を止めた。

「陽茉莉、食欲ないのか？　あんまり食べてないよな？」

相澤の指摘に、陽茉莉は自分の皿を見る。一番小さなカツを選んだのだけれど、それも半分近くが手つかずのまま残っていた。

「なんとなく、胃もたれしているんですよね」

陽茉莉は自分のおへそのあたりをさする。夕食を作っている最中から、なんとなく気持ち悪さを感じていた。

「おやつでも食べすぎた？」

「そんなに食べてないですよ！」

陽茉莉は頬を膨らませると、相澤をじろりとにらむ。相澤は「ごめん、ごめん」と軽く謝る。

「異動したてで、緊張しちゃったのかもな。あんまり無理するなよ」

「うん、大丈夫」

陽茉莉は笑顔で頷く。早く治るように、今夜は早く寝ることにした。

◆◆

3

その日、陽茉莉たちは八幡神社の裏手にあるカフェ『茶の間』で詩乃からの指令を受けていた。

「目撃された邪鬼は中年の男性で、作業服のようなものを着ているそうじゃ。人の姿をしているときもあれば、そうでないこともあると聞いておる」

「ということは、大した敵ではないな」

詩乃の説明を聞きながら、相澤が呟く。

邪鬼は強力であればあるほど完全な人に近い姿をしているので、詩乃が『人の姿をしているときもあれば、そうでないこともある』と言ったのを聞いてそう判断したのだろう。

「これは、そうじゃな」

詩乃は頷く。

「これは?」

詩乃のどこか引っかかるような返事に、陽茉莉は聞き返した。

「実はここ最近、かなり強力な邪鬼の目撃情報があったのじゃ。だが、裏取りしている最中に忽然と姿を消し、その後の情報が掴めない。完全に人に同化しているのかもしれぬ」

「なんだって?」

相澤の視線と声に、鋭さが混じる。

（完全に人に同化って、どういうことだろう？）

陽茉莉は会話の内容がよくわからず戸惑った。けれど、相澤の様子から判断してよくないことが起きていると予想はついた。

「それって、どういうことですか？」

「完全に同化っていうのは、人を呑んだってことだよ」

陽茉莉の質問に、相澤が答える。

「人を呑んだ……」

陽茉莉はヒュッと息を呑む。

邪鬼に呑み込まれたままでいると、遅かれ早かれその人は壊れてしまう。体の中にふたつの魂が入っていることに耐えられないのだ。

（どこかで誰かがその状態になっているってこと？）

なんとかしなければという焦燥感が胸の内に広がる。

「助けてあげないと」

「そうなんだけど、人に同化した状態の邪鬼は、外からすぐに判別できないんだよ。周囲も〝最近様子がおかしいな〟と感じるくらいなんだよね」

陽茉莉の正面に座る高塔がそう説明する。

「その通りじゃ。邪鬼に呑み込まれてしまうと、なかなか外からは判別できない。もちろん近くに寄れば独特の気配でわかるはずじゃが、普段見かける邪鬼のように見た瞬間わかるものではない。故に、対応が難しくなるのじゃ」

詩乃も高塔の説明を補足するようにそう言った。

「いずれにしても、今は情報が少なすぎるな。詩乃、もし追加でなにかわかったら教えてくれ。俺たちはひとまず、その作業服姿の男の邪鬼を祓いに行く」

「心得ておる」

相澤の言葉に、詩乃はしっかりと頷いた。

◇◇◇

夜はあやかしの力が強くなる。それは同時に、邪鬼の力も強くなることを意味していた。

「キャアァァァ」

何度聞いても、耳をつんざくような嫌な悲鳴だ。今さっき遭遇して祓除札を投げつけた邪鬼の姿は、月明かりに照らされながらかき消えた。

「うわっ、こっちにもいるな」

一緒にいた高塔が慌てて邪鬼を退治する。次々に現れる邪鬼はどれも小物だが、なにぶん数が多いのできりがない。

「新山ちゃん、大丈夫？」

「はいっ、大丈夫です！」

「よし。しかし、今日はやけに邪鬼が多いな。どうなっているんだ？」

高塔が訝《いぶか》しげに呟くのが聞こえた。

陽茉莉は複数の札を構えて周囲をうかがう。無効札を使ってお守りの効き目を消しているとはいえ、高塔が言う通り今日はいつにも増して邪鬼が多い気がする。

「ヒヒッ」

斜め前方から嫌な声が聞こえた。

目をこらした陽茉莉は、闇の中から這い上がってくるものを見て、ハッとする。

(邪鬼だ)

陽茉莉はとっさに構える。

「オマエノカラダ――」

邪鬼はいつも陽茉莉の体を欲しがる。

「あげるわけないでしょっ！」

迫ってくる邪鬼に陽茉莉は祓除札を投げつけた。「ギャッ」という悲鳴をあげて邪鬼がかき消える。

(よしっ!)

うまく祓えて、ほっと息を吐く。額に手を当てると、目を瞑った。

(なんだろう。体調不良かな? やけに疲れる)

ここのところずっと胃腸の調子が悪く、気持ち悪さが続いている。邪鬼を何体も祓ったせいか、体がだるい。

そのとき、「新山ちゃん!」と高塔の声がする。ハッとして目を開けたとき、すぐ近くに複数の邪鬼がいるのが見えた。

(しまった!)

陽茉莉は慌てて持っていた祓除札を投げつける。ほとんどの邪鬼は悲鳴をあげて消え去ったが、一体だけ祓除札を避けた邪鬼がいた。

「ツカマエタ」

邪鬼は陽茉莉の腰のあたりに縋りつこうと手を伸ばす。

(いけないっ)

もう一度祓除札を投げつけようとしたそのとき、変化が起きた。

「ギャッ」

ザッと強い風が吹き、陽茉莉に縋りつこうとしていた邪鬼はもちろんのこと、その場にいた邪鬼たちがいっせいに姿を消す。辺りはシーンと静まりかえった。

「陽茉莉、大丈夫か？」

ハッとして声のほうを見る。

「礼也さん！」

そこには狼神様の姿をした相澤が立っていた。月明かりに照らされて鈍く光るのは白銀の髪、その袴のお尻からひょこんと出た尻尾が見える。

「助けてくれてありがとうございます」

「いや。遅くなって悪かった。思った以上に邪鬼の数が多かった」

「問題の作業服姿の男も祓えましたか？」

「いや、まだだ。見当たらない」

相澤は首を横に振る。

「どこにいるんでしょう？」

「もう少し探してみるか」

相澤は周囲を見回してから、陽茉莉に片手を差し出す。

「そうですね。すでに移動していないといいですけど」

邪鬼は一カ所にとどまっているわけではないので、祓いに来たのにこうして空振りになることもたまにあるのだ。

手をつなぎ歩き始めてすぐに、邪鬼がまた姿を現す。どれも下級の邪鬼で、人の姿をなしているものはいない。相澤が手を振る仕草をすると、それに合わせて邪鬼たちが浄化されてゆく。

そのとき、突然相澤が立ち止まった。

「礼也さん？」

不思議に思って声をかけると、相澤は険しい表情のまま「あれ」と呟く。

陽茉莉がその視線の先を追うと、そこには中年の男性がいた。四十歳過ぎくらいだろうか。工事現場の作業員が着るような、灰色の作業服を着ている。

「イイカラダだなあ」

物欲しそうに自分を見つめる様子に、一瞬でこの男が問題の邪鬼だと悟った。思ったよりもしっかりとした人間の姿をしており、中級以上なのは確実だ。

「あいにく、この体はやれない。消えろ」

相澤が片手を振るのと同時に邪鬼めがけて風が吹く。邪鬼は悲鳴をあげると、そのままかき消えた。

（相変わらずすごい。一撃で）

圧倒的な強さを見せつけられて、驚くと共に惚れ直してしまう。あの姿形なら、陽茉莉だったら祓除札二枚は必要なはずだ。

「よし。目的の邪鬼も祓ったし、向こうにいる高塔と悠翔を呼びに行こう」

「そうですね」

「ところで陽茉莉。今、お守りの力を消しているだろ？　危ないからちゃんと戻しておけよ」

「あ、うん」

相澤に指摘されて、陽茉莉は邪鬼をおびき出すために無効札を使っていたことを思い出す。

「……気のせいかもしれないが、今日はいつもより陽茉莉に邪鬼が引き寄せられている気がするんだ」

相澤がぽつりと呟いた言葉を聞いて、ドキッとした。自分でも、なんだか今日はいつにも増して邪鬼を引き寄せてしまっている気がしたのだ。

「修行したせいで、前より神力が強くなっているせいかな？」

陽茉莉は相澤に尋ねる。他に理由が思い当たらない。

「そうかもしれないな。心配だから、ちゃんとお守りはつけていて」

「うん」

陽茉莉はポケットに入れているお守りを取り出すと、無効札を剥がす。これでもう大丈夫なはずだ。

「よし、できま――」

そう言おうとした瞬間、陽茉莉は相澤に強く腕を引かれて体をよろめかせた。

「礼也さん、どうした——きゃっ！」

なにが起こったのかわからず聞こうとしたが、聞き終わる前に言葉は悲鳴に変わる。

相澤が陽茉莉を守るように力強く抱き寄せたのだ。只事《ただごと》ではない様子に、陽茉莉はぎゅっと相澤の胸にしがみつく。

（な、なに？）

相澤は陽茉莉を抱き寄せたまま一点をにらんでいる。その表情は滅多に見ないほど険しいものだった。

陽茉莉は相澤の視線の先を追う。

「若い……男の人？」

そこには、ひとりの若い男がいた。カジュアルなスウェットを着ており、一見すると学生に見える。

「素敵な体がある気配がしたから来てみたら、邪魔なのも一緒にいるなー」

男は軽い調子でそう言うと、相澤を見つめ目を眇《すが》める。

その様子から目の前の男が邪鬼であることは予想がついたが、陽茉莉は驚いた。見た目やしゃべり方のなめらかさは、人間にしか見えない。相当強力な邪鬼であることは確かだ。

「邪魔なのはお前のほうだ」

相澤が怒りを孕んだ声で叫ぶ。空いている左手を勢いよく振ると強い風が吹いた。

若い男の邪鬼はその風を避けるように、ひらりと背後に下がった。しかし、相澤の攻撃はその邪鬼を追うようにぐいっと曲がり、避けきれなかった邪鬼の右腕を掠めた。

「うわっ！」

邪鬼は相澤の攻撃が掠った右腕をかばうように、左手で覆う。

（え？　礼也さんの攻撃が当たったのに、祓えてない？）

陽茉莉は驚いた。これまで、狼神である相澤が攻撃すればどんな邪鬼も一瞬で祓えたのに。掠っただけとはいえ、目の前の邪鬼が浄化されなかったことは驚きだ。

一方の邪鬼は、相澤の攻撃が当たった右腕を見て顔をしかめる。

「お前、ただのあやかしじゃないな？」

「お前が知る必要はない」

「ちっ！」

分が悪いと判断したのか、邪鬼は踵《きびす》を返すと通り沿いのビルの入口にある屋根に飛び乗る。そして、ビルからビルに飛び移るように移動し始めた。

「待てっ」

陽茉莉を抱き寄せる相澤の腕に力がこもる。

「陽茉莉、離れるなよ」

「え？」

そう言われるや否や、ふわっと体が浮く。

（う、嘘っ）

陽茉莉は慌てて相澤の首に両手を回す。相澤は陽茉莉を抱きかかえたまま軽い身のこなしで邪鬼を追い始めた。

「思った以上に動きが速いな」

陽茉莉を抱いている相澤が忌々《いまいま》しげに吐き捨てる。しばらく追いかけたが、やがてその動きを止めた。

「どこだ。くそっ、見失ったか」

相澤が辺りを見回す。陽茉莉も周囲を見回したが、その姿は忽然と消えていた。

「あの邪鬼、どこに行っちゃったんでしょう」

「わからない。だが、これ以上この姿のままで大通りに近づくのはまずい」

「そうですね」

大通りは人通りも多い。狼神様の姿では目立ちすぎる。それにあの様子では、邪鬼はもうかなり遠くまで逃げてしまっているだろう。

相澤はじっとにらむように、夜の街を見つめる。その先には、いつもと変わらない街のネオンが光っていた。

「今度見かけたら次こそは必ず祓う」

相澤はぎりっと歯を噛みしめると、陽茉莉へと視線を移した。

「陽茉莉、大丈夫か？」

「うん、びっくりしたけど平気」

まさかあそこで別の邪鬼が現れるなんて、思ってもみなかった。自分にぎゅっと抱きつく陽茉莉を気遣うように、相澤が空いている手も陽茉莉に回す。

「高塔と悠翔が捜しているはずだ。戻ろう」

「はい」

相澤ともとの場所に戻ると、前方からトタトタとオオカミ姿の悠翔が走ってきた。

「お姉ちゃん！」

「あ、悠翔君」

悠翔の姿に、陽茉莉は表情を緩める。

「僕、一周見回ってきたけどもう邪鬼はいないと思うよ」

「そうか。ありがとうな、悠翔」

「うん！」

相澤に褒められて、悠翔はぶんぶんと尻尾を振る。

「それにしても、今日は邪鬼が多かったな」

高塔がやれやれと言いたげに、肩を回す。

「それなんだが、さっき、詩乃から聞いたやつと思しきかなり強力な邪鬼を見かけた」

「まじか。それで多かったんだな。そいつは祓ったのか？」

「いや、見失った」

相澤は首を横に振る。

陽茉莉はその会話を聞きながら、首を傾げる。

（どういうことだろう？）

かなり強めの邪鬼が現れたが姿を消したという話と、邪鬼がたくさん現れることとの関連性がわからない。

「強力な邪鬼がいると、自然とその周りに小物の邪鬼が集まってくるんだよ。礼也が狼神になったときもたくさん小物の邪鬼がいただろ？　それに、新山ちゃんが雅也さんから認められたときも」

高塔が陽茉莉の疑問に答える。

「あ、言われてみれば……」

陽茉莉はそう言われてハッとした。

確かに相澤が狼神様になったとき、周囲には無数の邪鬼たちがひしめき合っていた。

それに、陽茉莉が雅也から認められた夜も、何十体もの邪鬼たちが押し寄せてきた。

今思い返すとあの状況は異常だ。

「ってことは、私のせいじゃない？」

自分が引き寄せているのではと心配していた陽茉莉は、原因が別にあるようだとわかりほっとする。

「いや、それはわからない。少なくとも、ここに到着した時点では、あの強力な邪鬼はいなかった」

相澤に軽く首を横に振られ、陽茉莉は沈黙する。じゃあ、やっぱり神力が強くなっているせいで邪鬼を引き寄せている？

「あの邪鬼、すぐに見つかるといいですね」

「ああ、そうだな……。ただ、あれだけ強力な邪鬼なのに、忽然と気配が消えたのは妙だ」

相澤は歯切れの悪い、浮かない顔をする。その表情を見ていたら、先ほど詩乃から聞いた話が、脳裏に甦《よみがえ》る。

『実はここ最近、かなり強力な邪鬼の目撃情報があったのじゃ。だが、裏取りしている最中に忽然と姿を消し、その後の情報が掴めない。完全に人に同化しているのかもしれぬ』

もしかすると——。

「その邪鬼は、姿を眩《くら》ますために誰か人を呑んだ？」

陽茉莉は恐る恐る、相澤に尋ねる。

「そうかもしれないし、違うかもしれない」

相澤は小首を傾げ、否定も肯定もしなかった。彼自身もその可能性を感じているけれど、確証が持てないのだろう。

「もしも呑まれている状態の人がいるならば、助けてあげないと」

邪鬼に呑み込まれたままでいると、遅かれ早かれ人は壊れてしまう。一刻の猶予もないはずだ。

「そうなんだが、さっき言った通り、人に同化した状態の邪鬼はすぐには判別できない。周囲も最近様子がおかしいなと感じるくらいだ」

「そんな……。じゃあ、その人は誰からも助けてもらえずに死んじゃうんですか？」

やるせなさを感じ、陽茉莉は無意識に胸のあたりでぎゅっと手を握りしめる。

「これは俺の予想なんだが——」

相澤は険しい表情のまま、言葉を選ぶようにゆっくりと口を開く。

「多分、あの邪鬼は呑み込んだ人が壊れる前に次々と別の人に移っている気がする」

「え？」

（他の人に移る？）

想像すらしていなかったことに陽茉莉は驚く。しかし、高塔は相澤と同じ可能性に考えが至っていたようだ。

「俺も礼也と同じことを考えていた。強力な邪鬼が辺りをふらふらしていたら、なにかしら詩乃のところに情報が入るはずだ。なのに、詩乃もほとんど情報を持っていない」

高塔はそこで言葉を止めると、相澤と陽茉莉の顔を見比べる。

「詩乃が情報を掴んでいて、礼也が実際に見たのだから、強力な邪鬼はいる。なのに、なかなか見つからない。となると、〝強力な邪鬼が、うまく隠れている〟ってことになる。で、どこに隠れているかっていったら、人の中が一番安全かつ手っ取り早い」

いつも軽いノリのこの人には珍しく、腕を組んで険しい表情だ。それだけ厄介《やっかい》な話だということだろう。

「まっ、俺たちは引き続き周囲を警戒するくらいしかできないから、気を抜かずにいこう」

高塔が一転してにかっと笑い、ぽんぽんと相澤の肩を叩く。そして、空を見上げた。

「今日はたくさん働いてくたびれたから、俺は天界に帰ろうかねえ」

「僕も帰る！　お父さんのところに行く」

悠翔がすかさず言う。

「じゃあ、一緒に行くか」

高塔はにこりと微笑むと、オオカミ姿の悠翔を抱き上げる。脇に手を入れられる形で高く抱き上げられた悠翔の尻尾が、陽茉莉の目の前でぶんぶんと左右に揺れている。

色々な事情があって悠翔は特殊な家族形態で育っているけれど、やっぱりお父さんに会えるのは嬉しいのだろうなと思った。


帰り道、陽茉莉と相澤は、久しぶりにふたりの時間を楽しむことにした。

「どこか行きたいところある？」

「うーん。久しぶりに潤ちゃんに会いに行きたいなって思って」

「了解。じゃあ、ハーフムーンに行こう」

相澤は陽茉莉の希望を聞くと、軽く手を握って引く。

独身時代からの行きつけのバーである『ハーフムーン』は、ここから電車に乗って二駅で着く。

雅也に相澤との結婚が認められたことを報告しに行ったのが最後だから、一ヶ月くらい間が空いてしまった。

——カラン、コロン。

見慣れたレトロな扉を開けると、吊《つ》り下げランプの暖色系の明かりに照らされた薄暗い店内が見えた。

「いらっしゃいませー」

明るいかけ声に、まるで実家に帰ってきたかのような安心感を覚える。

「こんにちは。お久しぶりです」

「あらぁ！　陽茉莉ちゃんじゃない！　それに、相澤さんも」

カウンターの向こう側で調理をしていた潤ちゃんは、来客が誰かを認識すると途端に嬉しそうな顔をした。

「相澤さんは久しぶりねえ。嬉しいわ。さあ、座って」

店内にはすでにカップルの客がひと組いた。潤ちゃんはそのカップルとは少し離れた、カウンター席を勧める。陽茉莉たちはその席に並んで座った。

「陽茉莉ちゃんはジントニックでいいかしら？」

「うん、氷抜きでお願い」

陽茉莉はさほどお酒に強くないけれど、飲むことが嫌いではない。たくさんは飲めないから、いつも最初から好きなお酒——ジントニックを頼むのが定番だった。

ただ、ここ最近ずっと胃のムカつきに悩まされているので、お腹を冷やさないほうがいい気がしたのだ。

「あら、珍しいわね？」

「うん。なんか胃がむかむかするから、あんまり冷やさないほうがいいかなって」

陽茉莉は頷く。

「陽茉莉、ここのところずっとだよな」

相澤が心配そうに、陽茉莉の背中をさすった。

「ふーん……。相澤さんはなににする？」

「そうだな……。とりあえず、生ビールで」

「はーい。ちょっと待ってね」

相澤はいつもの飲み会のノリで、ビールを頼んでいた。陽茉莉が観察した限り、飲み会では二杯目以降も周囲に合わせて飲んでおり、特定のお酒を頼むというわけではなさそうだ。

「礼也さん、好きなお酒ないんですか？」

「なんで？」

「毎回、周りの方に合わせて飲むものを決めていますよね？」

「ああ。営業だから、自然とそういう癖がついているのかもな。酒だと、日本酒が好きだな。辛口」

「へえ」

家で日本酒を飲んでいるところは見たことがなかったので、知らなかった。風呂上がりにビールを飲んでいるイメージだ。

「ふふっ。ふたりとも会話が初々《ういうい》しくていいわね」

今のやり取りが聞こえていたようで、潤ちゃんはくすくすと笑う。

「新婚さんって感じ」

「そうですか？」

「ええ」

サービスのナッツ盛りを置いた潤ちゃんは笑顔で頷く。

「お互いのことを知って、徐々に夫婦の形を作っているところに見えるわ。毎日楽しいでしょう？」

「毎日……まあ、はい」

陽茉莉は照れながらもおずおずと頷く。

昔から知っている人にそう言われるとちょっと照れてしまうけど、否定することでもない。実際、毎日朝起きるとすぐ横に好きな人がいる生活は心地いい。

「今日は、弟さんは？」

「父のところに行っているんです。学校とかの利便性の問題で普段は俺と暮らしていますけど、父のところにもよく行っているんですよ」

「あら、そうなのね。じゃあ今頃、お父さんと水入らずかしら」

潤ちゃんはにこにこしながら頷くと、食事のメニューを広げて陽茉莉と相澤の間に置いた。

「陽茉莉、なに食べたい？」

「私、食欲がないから礼也さんにお任せします。あ、カットトマトは食べたいかも」

「了解」

まだ夕食を食べていないので、相澤がつまみ以外にピザなどお腹に溜まりそうなものを適当に注文する。

「陽茉莉ちゃん、食欲もないの？」

「うん。脂っこいのとか、見るだけで気持ち悪くなる」

「そう……」

飲み物を準備していた潤ちゃんは、眉根を寄せる。

「そういえば潤ちゃん。私、商品開発部に移動になったの」

「まあ！　入社したときから希望していた部署よね？　よかったじゃない！」

「うん、ありがとう。頑張る」

「陽茉莉ちゃんは今、絶好調ね。運気が上に向いているんだわ」

ることがわかる……


「そうかな？」

陽茉莉は首を傾げる。運気は目で見えないけれど、確かに最近いいことが続いている気がする。

（運気、上がっているといいな）

そうこうするうちに、陽茉莉と相澤の前にトンッとグラスが置かれる。陽茉莉のグラスにはたっぷりとミントの葉が入っていて、爽やかな香りが漂ってきた。

陽茉莉はジントニックをひと口飲む。

「ん？」

シュワシュワと泡が立つグラスを見つめる。

「なんか味が変わったような？」

「ええ。それ、ただのジンジャエールよ」

「えー、なんでっ！」

「胃腸の調子が悪い子はお酒を飲んじゃだめよ」

「大丈夫だよ」

「大丈夫じゃありません！」

潤ちゃんにぴしゃりと言われ、陽茉莉はふてくされて口を尖らせる。

「まるで姉妹みたいだな」

ふたりのやり取りを見ていた相澤がくすくすと笑う。

陽茉莉は目を瞬かせ、なんだかおかしくなって相澤につられるように笑う。

お酒は飲めなかったけれど、久しぶりのハーフムーンでとてもよい息抜きをすることができた。

第四章　狼神様とご懐妊

◆◆ 1

その数日後、陽茉莉の気分は最悪だった。

（うう、気持ち悪い……）

額に手を当てて、ソファーに倒れ込むように項垂《うなだ》れる。

陽茉莉の胃もたれは、日を重ねてよくなるどころかどんどん悪化していた。熱を出しても落ち込んでも三度のご飯は絶対に欠かさないタイプだったのに、まったくと言っていいほど食欲がない。それに、ずっと船酔いしているように気持ちが悪い。

「陽茉莉、大丈夫か？」

「……うん」

「もうだいぶ長いよな？」

相澤は心配そうに陽茉莉の顔を覗き込むと、額に手を当てる。先ほど朝食に使ったお皿を洗ったばかりなせいで、その手はひんやりとして気持ちがよかった。

「うーん。少し熱があるかな」

相澤はそう言いながら、リビングのサイドボードに近づく。引き出しを開け、中から体温計を探し出すと陽茉莉に差し出した。

「はい、測って」

「うん」

脇に挟んで十五秒ほど待つと、ピピッと電子音が鳴った。相澤は陽茉莉の脇に挟んであった体温計を抜き、液晶表示を確認する。

「三十六度八分。微熱だな」

相澤は体温計をケースに戻すと、もう一度心配そうに陽茉莉の背中を撫でてきた。

「今日、会社休んで病院行ったほうがいいんじゃないか？」

「でも、働けないほど気分が悪いわけじゃないの。なんとなく気持ちが悪くて食欲がないっていうか……。それに、今日は大事な打ち合わせだし」

「わかった。でも、無理するなよ？」

「うん」

陽茉莉が頷くと、相澤はほっとしたように息を吐く。

「礼也さんに家事を押しつけちゃってごめんなさい。忙しそうなのに」

「気にするな。陽茉莉の体調のほうが大事だよ」

相澤は壁にかけられた時計を見る。すでに八時だ。

「今日は陽茉莉と一緒に出社するよ」

「うん。ありがとう」

「いいよ。早くよくなるといいな」

相澤は片手で陽茉莉の髪をくしゃっとすると、顔を近づけて額にキスをした。

会社に到着した後も、陽茉莉は気分が優れずにデスクにぐったりと体を預ける。

（礼也さんには大丈夫って言ったけど、さすがにおかしいよね……）

実は、ここ数日気になっていることがある。

（今日も来てなかった）

月のものが二週間近く遅れているのだ。ちょうど胃腸の調子が悪いと感じ始めた時期と生理の遅れが重なっており、ひとつの可能性が頭をよぎる。

（検査したほうがいいのかな）

結婚してまだ一ヶ月。身に覚えはあるけれど、一方で『こんなに早く授かることってある？』という思いもある。

「新山さんおはよう！」

「あ、おはようございます」

ぐったりとしていた陽茉莉は、声をかけられて慌てて顔を上げる。陽茉莉の指導役の安西さんが出社してきたのだ。

安西さんは陽茉莉の隣の席に座ると、不思議そうにこちらを見つめる。

「新山さん、ちょっと痩せた？　ちゃんと食べている？」

「え？」

思わぬ指摘に、胸がドキッとした。

「実はここのところ胃腸の調子が悪くて……」

「え、そうなの!?　体調悪いときは言ってね。休んで大丈夫だから」

安西さんは心配そうに眉をひそめる。

「はい。ありがとうございます」

陽茉莉は弱々しい笑みを浮かべ、お礼を言う。

パソコンに向かって作業を始めた安西さんのほうから、カチャカチャとキーボードを打つ音が聞こえてきた。

「安西さん。入浴剤新パッケージの件、午前中にデザインが上がってくるのでお時間いただいていいですか？」

陽茉莉はおずおずと安西さんに話しかける。

「え、もう？　早い！　もちろんだよ」

安西さんはにこっと笑って快諾してくれた。

商品開発部新商品企画課の仕事はその名の通り新商品の開発だが、それにはふたつのルートがある。ひとつは自社企画で開発すること。そして、もうひとつはお客様のニーズに合わせてまったく新しい商品を開発することだ。

陽茉莉のように若手かつ異動したばかりの社員は、簡単なマイナーチェンジの企画を担当することが多い。例えば、中身は変更しないけれどラベルやボトルだけ変えるなどだ。

商品開発部に異動して早ひと月。陽茉莉は新しい職場の仕事にとてもやりがいを感じていた。

午前十時過ぎ。予定通り、サンプル画像が陽茉莉のもとに送られてきた。

「うん。お洒落で可愛い！」

陽茉莉が今担当しているのは、主に若い女性をターゲットにした入浴剤だ。ラベルを一新して販売促進を図れないかという相談があり、ラベルだけでなくパッケージデザインそのものの変更を提案してみた。具体的には、真四角だったのを角に丸みを持たせることで柔らかい印象を演出したのだ。全面印刷したラベルにはハートやぬいぐるみが描かれ、さながらおとぎの国の世界のような可愛らしい印象を受ける。

「こんな感じなんですけど、いかがでしょうか？」

陽茉莉はどきどきしながら、できあがった案を安西さんに見せる。安西さんはじっとそれを眺めて黙り込んだ。

（なにか問題あるかな……）

沈黙に、緊張感が高まる。待つこと数十秒、ようやく安西さんが口を開く。

「うん、すごくいいと思うわ。気になるのは、角を丸くするとパッケージの製造工程で余計な手間がかかって製造コストが上がらないかってところね。生産部に確認しておいてくれる？」

「はい、わかりました」

陽茉莉はしっかりと頷くと、早速生産部に確認を取るためにデスクに向かおうとした。そのとき、安西さんから声をかけられる。

「新山さん、ちょっといいかしら？」

「はい」

陽茉莉は半分パソコンに向きかけていた体を戻し、安西さんと向き合う。

「近々、営業部が新規大型案件の契約を取れそうみたいなの。すぐに作業着手できるように商品開発部にも体制準備の依頼が来ていて、誰を担当にするか検討しているところよ。高塔課長と話し合って、新山さんがいいんじゃないかって話になっているのだけど、やってみない？」

「大型案件？　私がですか？」

陽茉莉は驚いて、聞き返す。

商品開発部に持ち込まれる商品開発は色々とあるが、陽茉莉のような若手で配属一年目であれば、小さな仕様変更程度の案件を担当することが多い。配属してわずか一ヶ月で大型案件の担当に抜擢《ばってき》されるのは考えにくいのだ。

「あ、言葉足らずだったわね。メイン担当は私がやる予定。サブ担当を誰にするかって話なの。一緒にプロジェクトに入ってもらって勉強すれば、大型案件の一通りの流れが学べるかと思ったのだけど、どうかしら？」

「そういうことですね。なるほど！」

大型案件であれば、新商品開発課のエースである安西さんが担当するので納得だ。そして、一緒にそのプロジェクトに参加させることで陽茉莉を一日も早く一人前にさせたいという意図だろう。サブ担当で入れさせてもらえるだけでも、とても光栄なお話だ。

「はい。やりたいです！」

陽茉莉はこくこくと頷く。

「よかった。じゃあ、詳細が営業部から届いたら共有するわね」

「はいっ！」

陽茉莉ははっきりと返事する。

（新規の大型案件……。どこからの依頼だろう？）

詳細を教えてもらえないところから判断するに、まだ話が浮上したばかりでプロジェクトメンバーの選定を進めている段階なのだろう。

（期待に応えられるように頑張ろうっと！）

パソコンに向かった陽茉莉はやる気を漲《みなぎ》らせたのだった。

安西さんと話を終えた後、陽茉莉は生産部にアポイントを取って打ち合わせをしに行った。打ち合わせ後、ひとりになった陽茉莉は胃のあたりを右手でさする。

（うーん。だいぶ調子はいいけど、食堂は危険かな……）

朝に比べればだいぶ調子がいいけれど、やっぱりなんとなく気持ち悪い。特に、食べ物の匂いを嗅ぐと吐き気がする。先ほど飲み物を買おうと食堂のあるフロアに立ち寄ったのだが、そのフロアにいるだけで気持ち悪くなった。

会議室から自席に戻ろうと社内を移動していた陽茉莉は、ふと見覚えのある人影を見つけた。いつも一緒にお昼を食べている同期の金子若菜《かねこわかな》だ。

「若菜！」

声をかけると、前を歩いていた若菜が振り返る。

「あれ、陽茉莉？　どうしてこのフロアに？」

「たまたまこのフロアの会議室で打ち合わせだったの。あのさ――」

陽茉莉は若菜のもとに駆け寄り、今日のお昼は一緒に食べるのが無理そうだと伝える。

「仕事、忙しいんだ?」

若菜は気の毒そうに陽茉莉を見返す。

「うーん、そういうわけじゃないんだけど……。なんかここ数日、ずっと体調が悪いんだよね」

話を一通り聞いた若菜は、ふーむと口元に指を当てた。

「間違っていたら申し訳ないんだけどさ、陽茉莉ってちゃんと生理きてる?」

「は?」

ここだけ聞くとセクハラのような台詞だが、言われた瞬間にギクッとした。とっくに来てもいい頃を過ぎていることに、自分でも気付いていたから。

「その様子だときてない? 一回検査薬で調べてみたら? ちょうど最近、同じフロアに妊娠した先輩がいて、陽茉莉と同じようなこと言っていたんだよね。時間帯によって程度の差はあるけど、船酔いみたいに常に気持ちが悪いって」

その先輩の様子を思い浮かべているのか、若菜は斜め上を見上げながら説明する。

「確か、下の薬局に売っていたよ」

「うん、ありがとう」

陽茉莉は若菜に手を振り別れる。

(妊娠? やっぱりそうなのかな。でも、まだ新婚一ヶ月だし、まさかね……)

そうは思うけれど、まったく可能性がないわけではない。

陽茉莉は意を決すると、エレベーターで一階のドラッグストアへと向かった。


——その十分後。

陽茉莉は女子トイレの中でじっと一点を見つめていた。

「うーん。これって線が入っているよね?」

トイレの個室に自分以外の誰かがいるわけでもないけれど、思わず声に出して呟いてしまう。

陽茉莉が見つめる先、妊娠検査薬には鮮やかな青線が入っていた。

箱に書かれた説明を再度見返す。

それは明らかに〝陽性〟を示していた。

家に帰ってからも、なんとなく落ち着かない。

自分の中にもうひとつの命があるだなんてまだ実感が湧かないけれど、何度も下腹部を手で触れてしまう。

「お姉ちゃん、どうかしたの? まだ体調が悪い?」

陽茉莉がぼんやりしていることに気付いた悠翔が心配して寄ってくる。

「ううん、大丈夫だよ。心配してくれてありがとうね」

陽茉莉はにこりと笑って、悠翔にお礼を言う。

妊娠検査薬で陽性であることを確認した陽茉莉は、念のため会社を早退して近所にある産婦人科に行った。対応してくれたのは、メガネをかけた気さくな感じの女医だった。

『おめでとうございます。妊娠していますよ』

『妊娠？　私が？』

事前に検査薬で検査していたからこの結果は予想がついていたけれど、それでも信じられない思いで聞き返してしまう。

『これが相澤さんのエコーね。これが赤ちゃんが入っている袋。ここ、動いているでしょう？』

女性医師はエコー画像を見ながら陽茉莉に説明する。

白黒の画面上には、小さくて丸い胎嚢《たいのう》が見えた。目をこらすと、その中で小さく動いている心臓の鼓動も。

（すごい。生きてる……）

先ほどまで現実感がなかったのに、急に自分の中に赤ちゃんがいるという自覚が湧く。

その後も続く医師の説明から逆算すると、ちょうどマノンリゾートに泊まったあたりで妊娠したようだ。まさか、結婚して初めての夜に赤ちゃんを授かるなんて。

（礼也さん、どんな反応を示すだろう？）

喜んでくれるかな。それとも、びっくりするかな。

話すのはちょっぴりどきどきする。

産婦人科でのやり取りを思い返していると、ガチャッと玄関のほうから音がして、陽茉莉はハッとした。

「ただいま。陽茉莉、体調はどうだ？」

帰ってきて開口一番にそう聞かれ、きっと心配して早く帰ってきてくれたのだろうなと思った。

「大丈夫。病気じゃなかったよ」

陽茉莉は笑顔で告げる。

「本当か？　よかった。やっぱり、異動の緊張からきていたのかな」

相澤はほっとしたように息を吐く。

「礼也さん。私、実はね――」

「今さ、仕事でかなり大きな案件が取れそうなんだ。ちょうど大詰めの段階なんだけど、仕事中も陽茉莉のことが心配でたまらなかったから本当に安心した。実は、今日もまだ会議中だったんだけど、陽茉莉が心配で途中で切り上げて帰ってきたんだ」

妊娠を告げようとしたそのとき、相澤が先にそう言って屈託なく笑う。

「え、そうなの？」

陽茉莉は驚いて、相澤を見返す。

「その会議、抜けちゃって大丈夫だったの？」

「俺がメインで関わるところは話が終わっていたから大丈夫だよ。今回の案件、成約できれば陽茉莉たちの部署にもお世話になると思う。楽しみにしていて」

「はい」

陽茉莉が頷くと、相澤は優しく目を細めて陽茉莉に触れるだけのキスをする。柔らかな感触が唇に触れ、すぐに離れた。

「着替えてくる」

機嫌よさそうに部屋へと向かう相澤の後ろ姿を、陽茉莉は見つめる。

(今妊娠しているって告げたら、礼也さんに余計に心配をかけちゃうかな)

陽茉莉が知る限り、相澤がプライベートを優先して会議を途中で抜けたことなどこれまで一度もなかった。それだけ陽茉莉を大切に思ってくれているのだろう。

その気持ちが嬉しい反面、自分のせいで相澤の仕事に支障が出ているのではないかと心配になった。

以前に香代から聞いた〝妊娠すると邪鬼に狙われやすくなる〟という話を思い出す。

きっと、相澤はすべてを投げ出してでも陽茉莉を守ることを優先するだろう。

（もう大詰めって言っていたから、きっと来週には決着する案件だよね？　それが終わったらお祝いと一緒に言おうかな）

相澤のことが好きだからこそ、彼の負担になりたくない。

陽茉莉はそっと自分の下腹部を撫でる。まだなんの膨らみもないぺったんこのお腹に、自分と相澤の愛の結晶が宿っている。

そう考えると、胸の中が温かなもので満たされるのを感じた。

◇　◇　◇

赤ちゃんが生まれてくるまでには、十月十日かかるらしい。

だから出産はまだまだ先になるのだけれど、妊娠が判明した途端にいろんなことが気になって仕方がなくなる。ここ数日、赤ちゃんのことで頭がいっぱいだ。

ベビーベッドは買わなくていいかな、ベビーバスはレンタルでもオッケーって育児情報サイトに書いてあった。洋服に至っては、目につくものすべてが可愛くて、全部買い占めたくなってしまうほど。

そして、自身のことも色々と気にしてしまう。インターネットで調べた〝妊娠中にいい食事〟などを目にして、〝避けたほうがいいもの〟の筆頭にアルコールが入っているのを見てほっとする。

(この前、潤ちゃんがお酒を出さないでくれてよかった)

陽茉莉は家ではお酒を飲まない。部署異動の歓迎会も安西さんにお子さんがいることなどを考慮してランチ会だったのでお酒はなかった。だから、妊娠してからアルコールは口にしていないはずだ。

もしかすると、潤ちゃんのことだからあの日の陽茉莉の様子を見て感づいていたのかもしれない。陽茉莉は潤ちゃんに、心の中で『ありがとう』と感謝する。

「なになに。貧血になりやすいから、鉄分を摂ったほうがいいと――」

鉄分の多い野菜という項目を見ると、切り干し大根やパセリなどが載っている。お肉をたくさん食べればいいのだけれど、まだ食欲が回復しないのでできれば野菜から摂取したい。

毎日のことなので、どんなメニューがいいのだろうと頭を悩ませてしまう。

「陽茉莉。真剣な顔してなに見ているんだ?」

スマホに見入っていると、風呂から出てきた相澤に声をかけられる。画面を覗き込まれそうになって、陽茉莉は慌ててスマホを自分の体に引き寄せてそれを隠した。

「なんでもないの！」

「そう？」

相澤が一瞬眉を寄せるような表情を見せたが、陽茉莉はへらりと笑ってごまかす。

「そういえば、以前勤めていた会社の同期が結婚祝いに美味しいワインをくれたんだ。さっき冷やしておいたから、一緒に飲まないか？」

気を取り直したように立ち上がった相澤は、冷蔵庫のほうへ向かう。

「あ、私いらない」

「え？　なんで？」

冷蔵庫を開けてお酒を取り出そうとしていた相澤が、怪訝な表情で陽茉莉の顔を見る。

「えっと……。お腹が本調子に戻らないから」

「ああ、そっか。陽茉莉が飲まないなら、また今度でいいや」

相澤は残念そうな顔をしたが、手に持っていた高そうなボトルを冷蔵庫に戻して、代わりに缶ビールを取り出す。缶を開ける、プシュッという音が聞こえてきた。

「それにしても陽茉莉の調子、なかなか戻らないな」

缶を持ったまま、相澤がソファーにいる陽茉莉の横に座る。

「そうだね……」

育児情報サイトによると、つわりの期間やピークは人によるものの、大体妊娠八週から九週頃が山場となるらしい。なので、この通りだとすれば、陽茉莉は今まさにピークを迎えているようだ。

「早く治るといいけど」

優しく肩を抱き寄せられる。ちらっと相澤を見ると、目が合ってそのままの流れで唇が重ねられた。

唇が離れたあと、相澤は陽茉莉の頬に手を添えたまま心配そうに顔を覗き込んできた。

「俺、明日会社休むよ。一緒に大きな病院に行こう」

「え？」

決定事項のように言われ、驚いた陽茉莉は相澤を見返す。

「大丈夫。病院ならこの前に行ったから」

「でも、病気じゃないって言われたわりに未だに本調子じゃないだろ。もしかしたら、別の病気を見逃しているのかもしれない。大きな病院でちゃんと検査したほうがいい」

「でも、明日が例の案件の一番大事な商談なんでしょ？」

「仕事より、陽茉莉のほうが大事だ。霧島コーポレーションの担当は俺のほかにもいる」

　相澤はなんの迷いもない様子で、そう言い放つ。

　頭が真っ白になる。まさか、相澤が自分を心配するあまり一番大切な商談がある日に会社を休むと言い出すなんて。

「大丈夫、心配しないで。すぐに治るから」

「なにかあってからじゃ遅いんだ。早めに調べたほうがいい」

「大丈夫だってば。私の体のことは私がわかってるから」

　陽茉莉は必死に言い返す。

　明日になれば相澤の仕事が一段落する。そこまでは心配をかけたくなくて妊娠したことを打ち明けなかったのに、これでは意味がない。

「陽茉莉。俺は陽茉莉のことがただ心配で――」

「心配なんてしなくていい！」

　強い口調でそう言い放った次の瞬間には、しまったと思った。相澤が驚いたような表情でこちらを見ていたから。

　陽茉莉はいたたまれなくなり、相澤から視線を逸らす。

　沈黙がふたりを包む。

「……わかったよ。陽茉莉が嫌がっているのに、悪かった」

ため息交じりにそう言った相澤は、ビールがまだ残っていた缶を手に持つとすっくと立ち上がる。

「明日は大きな商談だし、もう寝る。おやすみ」

相澤が出ていき、バタンとドアが閉まる音がリビングに響く。

「あ……」

陽茉莉はその後ろ姿を見送り、ぎゅっと服の胸元を握る。

(どうしよう。心配してくれていたのに、ひどいことを言っちゃったかも。謝ったほうがいいのかな)

傷つけるつもりはなかった。けど、どうごまかせばいいのかわからなかったのだ。

「礼也さん?」

寝る準備を終えた陽茉莉は、おずおずと寝室のドアを開ける。室内はシーンと静まりかえっていた。

(もう寝ちゃったのかな)

いつもだったら陽茉莉のことを抱き寄せてくれるのにと、寂しさを感じる。

「おやすみなさい……」

静かな部屋でひとり呟くと、陽茉莉は相澤の隣へと潜り込む。

(温かい)

相澤の温かな体温に触れるととても安心する。いつの間にか、そのまま眠りに落ちていた。

◇◇◇

夜中にふと目を覚ますと、静まりかえった室内に規則正しい寝息が聞こえてきた。相澤はぐるりと寝返りを打って、体を回転させる。暗闇の中、あどけない寝顔を晒してすやすやと眠る陽茉莉の姿が見えた。

相澤は昨晩寝る直前に見た、陽茉莉の様子を思い返す。熱心に見ているスマホ画面を慌てて見えないように隠し、明らかになにを見ていたのか知られるのを嫌がっている様子だった。

それに、一緒に飲もうという誘いを断る際の後ろめたそうな様子や、一緒に病院に行こうと誘ったときの明確な拒絶……。

どれも、これまで一度も見せたことがない反応だった。なんらかの理由で相澤との間に線を引こうとしていることは明らかだ。

（本当に、病気じゃないのか？）

陽茉莉は頑なに『病気ではない』と言う。その言葉を信じるなら、精神的なものからくる体調不良だろうか。

(異動先で悩みでもあるのか?)

だが、陽茉莉の上司である高塔からはなにも聞いていない。むしろ、陽茉莉の様子からは楽しそうに仕事をしていると感じていた。

(じゃあ、なにが原因だ?)

考えても思い当たる節がない。けれど、陽茉莉がなにかをひとりで抱えていて、それを夫である自分には打ち明けてくれていないことはわかる。

思い返すと、少し前から陽茉莉の様子がおかしい。

(ひょっとして……)

狼神である自分との結婚生活に対して不安を覚えているのだろうか。

(不安があるなら、相談してくれればいいのに)

自分はそんなに頼りないだろうかと、やるせなさを感じる。陽茉莉をなんの不安もない幸せで包み込んで、誰よりも大切に慈しみたいと思っているのに。

「陽茉莉。愛してるよ」

何度も告げても、この言葉を囁くたびに陽茉莉は照れて赤くなり、嬉しそうにはにかむ。

安心したようにすやすやと眠る陽茉莉に触れるだけのキスをすると、そっとその体を抱き寄せた。

その翌日は、霧島コーポレーションとの商談の最終局面だった。霧島コーポレーションの接客用会議室の一室。相澤はぴしっと着込んだスーツ姿で同僚ふたりと共に椅子に腰かける。

「今回は、こちらの要望を色々と聞いてくださりありがとうございます」

「いえ。お客様のご希望に添ったものを実現させることが我々の使命ですから。喜んでいただけて嬉しく思います」

相澤が取りつけた商談は、霧島コーポレーション参加のエステチェーンで扱う美容化粧品の一新に関するものだ。霧島コーポレーションは国内でも一、二を争う大きなエステチェーンを展開している大企業だ。この商談がうまくいけば、アレーズコーポレーションとしても今年度最大級の大型契約となるだろう。

「では、こちらの内容で合意ということでよろしいでしょうか？」

最後に契約の内容を再度読み合わせしてゆく。

確認を終えると、霧島コーポレーションの責任者である長瀬《ながせ》が「よろしくお願いします」と満足げに言う。

「こちらこそ。精一杯頑張らせていただきます」

相澤は深々と頭を下げ、その後互いに固く握手を交わす。

「よかったら、今日はこの後みんなで飲みに行きませんか?」

長瀬がそう言ったのを聞き、相澤は迷った。

(どうするかな……)

普段の相澤であれば、なんの躊躇《ちゅうちょ》もなく『喜んで』と答える。しかし、今日は陽茉莉のことが気になった。相澤と一緒に来た同僚たちは「いいですね。行きましょう」と快諾の返事をしている。

「申し訳ございません。私は、今日はちょっと都合が悪く」

相澤は頭を下げて謝罪する。仕事より陽茉莉のほうが大切だ。それに、同僚たちが行くなら相澤が抜けても大丈夫だろう。

「あら。相澤さん、用事があるんですか?」

残念そうな顔をしたのは、同席していた霧島コーポレーションの社長令嬢である霧島結香《ゆか》だ。緩く巻いた黒のロングヘアがよく似合う女性で、歳は二十代半ばくらい。今は勉強のために父親が経営する霧島コーポレーションで一般社員として働いているという。

「実は、妻が体調を崩しており心配なもので」

それを聞いた結香は片手を口に当てる。

「まあ、それは心配ですね。相澤さん、ご結婚なさっていたのですか。知りませんでした」

「はい。とはいっても、つい先日入籍したばかりなのですが」

「へぇ。新婚ですね」

結香がなぜか目を輝かせる。

「奥様への気遣いができるの、素敵ですね。どうぞ奥様を優先してください」

「はい。申し訳ございません」

相澤は結香に頭を下げる。

「今日は残念ですけれど、よかったら今度一緒に飲みに行きませんか？　私、相澤さんと色々とお話ししてみたくって」

「今度、ですか？」

「ええ」

結香は相澤を見つめ、にこりと微笑んだ。

◇　◇　◇

この気持ち悪さはいつまで続くのでしょうか？

そんな質問に正確に答えられる人などいないとわかっているのに、思わずそう聞きたくなってしまう。

(気持ち悪いっ!)

夕食の準備をしている最中に耐えきれなくなり、思わずトイレに駆け込む。

相澤の担当している大型案件の商談が今日まとまるはずなので、陽茉莉はお祝いしようと張り切って料理を作っていた。

昨日の夜は相澤とぎこちなくなってしまったから、なんとしても仲直りしたい。しかし、心とは裏腹に体がついていかない。

「八から九週がピークでしょ? ってことは、もうそろそろ楽に……」

一般的につわりが落ち着くといわれる十二週まであと何日かを指折り数え、自分を叱咤《しった》する。

トイレの洗面所に手をついてぐったりとしていると「陽茉莉?」と声がした。振り返ると、眉根を寄せた相澤が廊下に立ち、半分開いたドアの隙間からこちらを見つめている。

「そんなに体調悪いのか?」

「あっ」

しまったと思ったが後の祭り。慌ててトイレに駆け込んだせいで、ドアをしっかり閉めていなかった。相澤は帰ってきたばかりのようで、スーツ姿のままだ。

「すぐに車出すから、今から病院に行こう」

手を引かれそうになり、陽茉莉は慌てる。

「違うの。病気じゃない」

「じゃあなんだよ。絶対おかしいだろ！」

声を荒らげた相澤に、陽茉莉はびくっと肩を震わせる。

「あの……。私、赤ちゃんができたの」

そう言った瞬間、相澤の目が大きく見開く。

「赤ちゃん？」

「うん、そう。妊娠しているみたいで――」

口元を押さえた相澤は呆然とした表情をしていたが、やがてその言葉の意味を咀《そ》嚼《しゃく》して嬉しそうに破顔した。

「本当に？　陽茉莉、ありがとう。嬉しいよ」

大きく腕を広げた相澤に、あっという間にぎゅっと抱きしめられる。

「礼也さん、苦しい……！」

あんまり強く抱きしめるものだから、陽茉莉はかろうじて自由が利く片手でバンバンと相澤の体を叩く。すると、体に回されていた腕から力が抜けた。

「ああ、ごめん。嬉しくてさ」

相澤は頬をかくと、喜びを隠せない様子で嬉しそうにはにかむ。その屈託のない笑顔を見て胸にきゅんときた。

（ものすごく喜んでくれてる）

きっと相澤なら喜んでくれるに違いないと信じていたけれど、こんなに大喜びされるとは、予想以上だ。

「――もしかして昨日、ワインを飲もうって誘ったのに断ったのってそのせい？」

「うん、そう。昨日は色々とごめんなさい……」

自分のとった態度のせいで相澤を傷つけてしまったことを思い出し、陽茉莉はシュンとする。

「なんだ、言ってくれればよかったのに」

相澤は顔を手で覆うと、はあっと息を吐く。

「てっきり、陽茉莉が俺の花嫁になったことで色々と悩んでいるのかと思った」

「礼也さんの花嫁になったことで？　それは全然ないよ」

陽茉莉は驚いて片手を顔の前で振る。

「妊娠は先週にはわかっていたんだけど、礼也さんが大きな案件の大詰めだって言うから、心配かけたくなくて言わなかったの。ごめんなさい」

まさかそんなことを思っていたなんて。気を利かせたつもりが、かえって心配をかけてしまった。

いたたまれなくなり目を伏せる陽茉莉の顔を覗き込むように、相澤が体を屈める。

「陽茉莉。俺はこうやって一番近くで陽茉莉のことを心配できることだって、嬉しいと思っている」

「うん」

「だから、これからはなにかあったらすぐに言ってほしい」

「うん」

陽茉莉がこくりと頷くと、相澤は「よし」と言って陽茉莉の頭をぽんぽんと撫でる。

そのとき、陽茉莉と相澤がなにかを話し込んでいることに気付いた悠翔がリビングからやってきた。

「お兄ちゃん、お姉ちゃん、どうしたの？」

「陽茉莉に赤ちゃんができたんだ」

相澤がそう教える。

「えっ！　お姉ちゃん赤ちゃんできたの？」

悠翔は驚いた様子で、陽茉莉を見上げる。

「うん。そうみたい」

「いつ生まれるの？」

「生まれるのはまだまだ先かな？　来年だよ」

「ふうん」

悠翔は壁にかけられたカレンダーを見上げ、鼻を鳴らす。

「僕、お兄ちゃんって呼ばれるようになるかな？」

「そうだね。生まれてきた赤ちゃんがおしゃべりするようになったらそう呼ばれるかもしれないね」

「えへへ」

悠翔は嬉しそうに笑う。正確に言うと悠翔は叔父になるわけだけれど、年が近いのできっと兄弟のようになるだろう。

「僕、お兄ちゃんになるからたくさんお手伝いするね」

「本当？」

ちょうどキッチンのほうから、炊飯が完了したピーという音が聞こえてきた。

「はいっ！　僕、今日はご飯をよそうの手伝う！」

音に気付いた悠翔が早速反応してビシッと手を上げる。

「うん、ありがとう」

正直、今はお米が炊ける匂いがちょっと苦手になっているのですごく助かる。

「悠翔、ありがとうな。俺も着替えたら手伝うよ」

「今日、礼也さんの商談成立のお祝いしようと思っていたのにまだ途中で――」

「気にしなくていいよ。ありがとう。今日は陽茉莉の妊娠おめでとうの日でもあるから、あとは俺がやる。陽茉莉は休んでいて」

「うん」

相澤はネクタイを緩めながら、一旦自室へと消えてゆく。楽な姿に着替えると、宣言通り夕食の準備をそこから代わってくれた。

（ふたりとも喜んでくれて、嬉しいな）

もっと早く言うべきだったという後悔はあるけれど、ふたりの喜びようがとても嬉しい。

（元気に出てくるんだよ。みんな、待っているよ）

陽茉莉は頬を緩めて、そっと自分のお腹に触れた。


その日の深夜のこと。

そろそろ寝ようかと陽茉莉が準備していると、別の部屋にこもっていた相澤が寝室に戻ってきた。

「陽茉莉。これ」

「ん？　なに？」

陽茉莉は相澤から差し出されたものを受け取る。

「これ……。邪鬼除けのお守りね？」

それは祓除師が作れる札のうちの一種、守護札と呼ばれるものだ。それを持っていると、邪鬼が近づいてこないだけでなく、そもそも認識されにくくなる。その昔、相澤がお守りとしてくれたのは、これと同じものだ。

「陽茉莉はすでに知っていると思うけど、神の子を身籠もると邪鬼に狙われやすくなる。前回の邪鬼退治の際に邪鬼が異様に多かったのは陽茉莉の妊娠のせいもあるかもしれないと思ったんだ。今陽茉莉が持っているのは俺が狼神になる前に作ったものだから、こっちのほうが数段威力が強いはずだ。心配だから、持っていて」

ドキンと心臓が鼓動を打ち、幸せな気持ちですっかりと忘れていた事実を思い出す。

神の子を身籠もると邪鬼に狙われやすくなるというのは、以前に香代から聞いた。そして、それこそが雅也が結婚に反対した最大の理由だった。

(大丈夫。礼也さんから新しいお守りももらったし、私も以前とは比べものにならないくらい強くなっているはず)

そう自分に言い聞かせても、不安は込み上げる。手が震えそうになり、両手をぎゅっと握りしめる。

すると、相澤に優しく両手を包み込まれた。

「陽茉莉。お前のことは俺が守る。絶対に」

「……うん、ありがとう」

そんなに顔に出ていただろうか。

陽茉莉は相澤に心配をかけないようにへらりと笑う。

相澤はそんな陽茉莉を見つめ眉根を寄せると、まるで宝物かのようにぎゅっと抱き寄せた。

◆◆

2

歯ブラシを握りしめた悠翔がとたとたと寄ってくる。

「お姉ちゃん、仕上げして」

「はーい。ごろんして」

陽茉莉がそう言うと、悠翔は陽茉莉の膝に頭をのせてごろんと仰向けになる。歯を磨いてあげるときはこの格好が一番やりやすいのだ。

「よし、ぴかぴか。じゃあ、寝ようか」

「うん」

悠翔は頷くと、時計を見る。

「お兄ちゃんは何時に帰ってくるかな？」

時計を見ると、九時二十分を指していた。

「うーん、何時だろうね？　十時半くらいかな？」

「そっかぁ」

悠翔はちょっとシュンとして目を伏せる。お兄ちゃんに会えないのが寂しいのだろう。

「明日の朝は会えるよ。早起きして、一緒にご飯を食べようか？」

「本当？　うん！」

途端に目を輝かせて嬉しそうに破顔するその表情の可愛いこと。

（可愛い！）

思わずぎゅうっと抱きしめると、いつの間にか出ていた尻尾が左右に揺れているのが見えた。

悠翔が寝た後、陽茉莉はひとりリビングでテレビを見ながら過ごす。

眠気を感じて時計を見ると、いつの間にか十一時近かった。

（礼也さん遅いなあ）

妊娠したせいなのか、最近は夜になるとすぐに眠くなってしまう。以前なら深夜零時を過ぎても起きていられたのに、眠くてたまらない。

『陽茉莉。明日夕ご飯はいらない』

『うん、わかった。……最近多いね？』

『まあね。お客さんから希望されると、なかなか断りづらくてね』

『そうですよね』

『なにかあったら断ってすぐ帰ってくるから、連絡して』

『わかりました』

そんなやり取りをしたのは、昨日の夜のこと。

つい最近まで陽茉莉も営業部にいたので、お客さんに誘われると断りづらいというのはよくわかる。特に、相澤のような有能な営業マンになるとＶＩＰの顧客ばかりになるので、なおさらそうだろうと思う。

『あんまり夜遅くまで無理しないようにしてくださいね』

『わかってる』

陽茉莉が心配すると、相澤はふわりと目を細めてキスをしてくれた。

（今夜は私も会えないかなぁ）

悠翔が寂しそうにしているのを見て元気づけていた自分も、結局相澤がいないと寂しくなってしまう。

もぞもぞとベッドに潜り込むと、ひとり寝のシーツの冷たさが余計に身に染みた。

いつもだったら、相澤が陽茉莉を優しく抱きしめてくれるから。

どれくらい経っただろう。カチャンという物音でうとうとしていた陽茉莉の意識は覚醒《かくせい》しかける。うっすらと目を開けると、こちらを見つめている相澤と目が合った。

「……おかえり」

「ただいま。眠いんだろ？　眠っていていいよ」

「うん」

陽茉莉が目を閉じると、おでこに柔らかいものが押し当てられる感触がした。

すんっと花のような香りが鼻孔をくすぐる。

（いい匂い……）

香水だろうか。

いつの間にか、陽茉莉の意識は眠りの世界へと誘われた。

◇◇◇

翌日のお昼休み。

陽茉莉はカフェテラス形式の社員食堂でなにを取ろうかと吟味《ぎんみ》していた。

（なににしようかな……）

ほうれん草は比較的鉄分を多く含むと聞いたことがある。本当はお肉をたくさん食べればいいのだけれど、まだそういう気分ではない。

結局、白身魚の野菜あんかけとほうれん草のお浸し、それにご飯と味噌汁《みそしる》を選んで会計に並ぶ。会計を終えると、先に席を取っておいてくれた若菜のもとに向かった。

「お待たせ」

「うん、全然大丈夫。体調はもういいの？」

「一時期よりはだいぶ平気だよ」

「そっか。よかった」

若菜は安心したように笑う。

「若菜があのとき後押ししてくれて本当によかったよ。私、なかなか確信が持てなくて」

「本当にグッドタイミングだったよね。たまたま先輩が妊娠したばっかりだったから、あれ？って思ったんだよね」

そのとき、若菜が「あっ」と小さく声をあげた。

「どうしたの？」

「スープなのに、うっかりしてスプーンを取ってくるのを忘れちゃった」

若菜のトレーを見ると、ミネストローネと惣菜パン、それにお箸が置かれている。若菜はときどきうっかりさんなのだ。

「取りに行ってくるわ。陽茉莉は先に食べていていいよ」

「わかった」

陽茉莉が頷くと、若菜はすっくと立ち上がり、レジ横にあるカトラリーコーナーに向かう。

ひとりで若菜を待っていると、若い男性に声をかけられた。

「すみません、ここって空いていますか？」

陽茉莉の隣のテーブルが空いているか知りたいようだ。

「はい、空いています。どうぞ」

陽茉莉はにこりと微笑む。いつの間にか社員食堂はほぼ満席になっていた。

「よかった。ありがとうございます」

男性は陽茉莉の隣に座ると、レジのほうを振り返る。一緒に食事する同僚に場所を知らせようとしているようだ。

すぐに別の男性が現れて、陽茉莉の斜め前に座った。ふたりはお昼ご飯を食べながら和気あいあいと会話を始めた。

「それにしても、今回も相澤さんすごいよな。話をしっかりまとめてきてくれて——」

片方の男性から〝相澤さん〟という単語が聞こえ、陽茉莉はドキッとした。盗み聞きはいけないと思いつつも、耳をそばだててしまう。

「本当だよな。なんでも、霧島コーポレーションのご令嬢が相澤さんのことをすっかり気に入っているらしいぜ。最近、しょっちゅう飲みに誘われていて昨日の夜もそうだと思う」

「まじか。男から見ても格好いいもんな。まあでも、霧島コーポレーションのご令嬢って美人だから相澤さんも悪い気はないんじゃないか？」

「だよなー。あんな美人に気に入られたら嬉しいよな」

聞いてはいけないことを聞いてしまったような気がした。陽茉莉が部下だったときも相澤を気に入る女性顧客は多かったが、なぜか今回は心がざわざわとする。

（霧島コーポレーションのご令嬢が礼也さんを？　まさかね……）

そうは思うけれど、ここ最近の相澤の帰宅の遅さが急に気になってくる。昨晩感じた、ふんわりと香るフローラルな香りも相まって、悪い方向に考えが向いてしまう。

（ううん、そんなわけない）

毎日のように陽茉莉に愛情表現してくれる相澤の気持ちが嘘だとは思わない。狼神様になったくらいなのだから、間違いなく陽茉莉のことを愛してくれているはずだ。

（でも、美人に言い寄られたら誰だって浮かれちゃうよね）

急に思い出したのは、つい最近読んだ『妻が妊娠中に他に女を作る男は多い』という真偽不明のネットの口コミ記事だ。急激に気持ちが沈んでゆく。

愛されているのは私なのだからとドンと構えていればいいのだけれど、相澤のことになると自信がなくなる。

こんなに素敵な人がなぜ私を？という気持ちが勝ってしまうのだ。

「陽茉莉、お待たせ！ ……陽茉莉？ どうしたの？」

いつの間にか若菜が戻ってきており、不思議そうに陽茉莉のほうを見つめていた。

「あ、ちょっとボーッとしちゃっただけ。ごめんね」

陽茉莉は心配させないように両手を胸の前で振ると作り笑いを浮かべてごまかす。

顔は無理矢理笑っていたけれど、心は穏やかではなかった。

「──で、ここに来たってわけね」

暖色のランプに照らされた薄暗い店内。陽茉莉の前に、透明のシュワシュワした液体が置かれた。中に緑色のミントが入っている。

陽茉莉はそれをひと口飲んだ。

美味しい。けど──。

「これ、ジントニックじゃない……」

「当たり前よ。うちの店に妊婦さんに出すお酒はないわ。それはただのジンジャエール」

潤ちゃんは呆れたように肩を竦める。

「それにしても、前回もジンジャエールにしておいてよかったわ。体調不良で食欲がないって聞いて、もしかしてって思っていたのよね。お腹を冷やさないように、これを使ってね」

カウンター越しに膝かけを渡される。

「うん」

陽茉莉はそれをありがたく受け取ると、下半身を覆うように広げた。

こういう気遣いができる潤ちゃんが大好きだ。

今日の午後、陽茉莉は昼間聞いたことが耳から離れなかった。それで、会社が終わった後、その足でハーフムーンにやってきた。どうしても誰かに愚痴を聞いてもらいたかったのだ。

「相澤さんは確かにハンサムだし仕事できるみたいだから、取り引き先の人に気に入られちゃうのはわかるんだけど、気にしすぎじゃないかしら？　陽茉莉ちゃんのこと、とっても大事にしてくれているじゃない」

「──意外と、美女を前に鼻の下を伸ばしているかも。昨日も飲みに行ったらしいし、その前も夜遅くなること多かったし」

そう言いながら、陽茉莉はぷっくりと頬を膨らませる。

ここ最近遅くなる日はすべて霧島コーポレーションのご令嬢と一緒だったのだろうか？ そんなことを考えると、無性にいらいらする。

「奥さんの妊娠中に浮気する男の人は多いって言うし」

「〝多い〟と〝全員がする〟は別物よ。しない人はしないわ。私の見立てでは、相澤さんはしない人だと思うけど」

「うーん」

本当は陽茉莉自身も、相澤がそんなことをするわけがないと頭の中ではわかっている。でも、なんとなくおもしろくないのだ。さっきから、同じ会話を何回も繰り返している。

「とにかく、陽茉莉ちゃんは相澤さんとしっかり話すべきね」

「話す？」

話すってなにを話すのだろう。

相澤は仕事で霧島コーポレーションを担当しているので、夜の会食に今後行かないでほしいと言うのは無理だ。そんなことをしたら業務に支障が出る。

「とにかく、話すのよ」

眉根を寄せる陽茉莉を見つめ、潤ちゃんは困ったように小首を傾げる。

「なんか、ごめんね……」

潤ちゃんを困らせるつもりはなかったのに。

ちょっとした自己嫌悪に陥り、陽茉莉はカウンターに両肘を置いて頬杖をつく。

「あらやだ。謝らなくていいのよ。陽茉莉ちゃんがそれだけ悩んでいるってことなんだから。いくらでも吐き出してくれていいのよ」

潤ちゃんはくすっと笑い、パチンとウインクする。

「潤ちゃーん！」

（もう大好きです。男女の〝ＬＯＶＥ〟ではないけれど、とにかく大好き！）

と、そのとき。背後からカランコロンとベルが鳴る音がした。

「あら。ちょうどいいタイミングで王子様が迎えに来たわよ」

「王子様？」

王子様だなんて、ずいぶんと変わったあだ名だ。陽茉莉はくるりと背後を振り返る。

そして、そこにいる人物を認めて目を見開いた。

「礼也さん？」

そこには、ラフな私服姿の相澤がいた。急いで来たのか少し息が上がっている。

「連絡ありがとうございます。助かりました」

「いいえー、おかまいなく。ふたりとも、仲良くね」

潤ちゃんはにこっと笑うと、ひらひらと片手を振る。なんと、いつの間にか相澤に連絡を入れていたようだ。

「陽茉莉ちゃん、またね」

「うん」

相澤に手を引かれ、陽茉莉はしずしずとハーフムーンを後にしたのだった。


(き、気まずい……)

陽茉莉は自分の手をしっかりと握って隣を歩く相澤をうかがい見る。

こんな状況、前にもあった気がする。あれは確か、まだ相澤と思いを通じ合わせる前に、陽茉莉が相澤に恋人がいると勘違いしてやけ酒したときだ。

隣を歩く相澤が事情を聞いてこないことが、余計にずっしりと心にのしかかる。

家に到着すると、相澤は陽茉莉をリビングのソファーに座らせてココアを入れてくれた。ココアの温かさと甘い香りがささくれた心を癒《い》やしてくれる。

「で、なにがあった?」

「なんにもないです」

陽茉莉はぷいっとそっぽを向く。

「なんにもないはずないだろう。陽茉莉が俺に秘密でこっそりハーフムーンに行くときは、大抵なにかあったときだ」

相澤は隣に座ると、陽茉莉の顔をじっと見る。

勘が鋭すぎる男性とパートナーになるのも考えものだ。下手に隠してもつっこまれるだけだと判断し、正直に言うことにした。

「礼也さんが最近しょっちゅう美女とお楽しみみたいだから、私もひとりで楽しみに行っただけです」

「美女って？　陽茉莉のこと？」

「え？　私？」

なんでこの状況で美女＝陽茉莉になるのか。そもそも陽茉莉は美女と言われるほどの美女ではないし、自分とお楽しみしている夫が気に入らないなんて意味がわからない。

「美女だよ。世界一可愛い」

相澤が陽茉莉の頬を両手で包み込み、にこりと笑う。

その優しい眼差しにぽーっとなりそうになり、陽茉莉はハッとした。

（そうじゃなくって！）

「礼也さんが霧島コーポレーションのご令嬢とお楽しみだって、会社で話している人がいたんです。たまたま耳にしました」

キッとにらみつけると、相澤はきょとんとした顔で目を瞬かせた。

「霧島コーポレーションのご令嬢？　確かに最近会合で顔合わせる機会が多いけど、仕事だよ」

「でも、ちょっと嬉しいって思っていたでしょ？」

「思ってないよ」

「でも――」

自分でもものすごく面倒くさい女になっていることがわかった。

頬を包んでいる相澤の手に力がこもり、顔を固定される。少し強引に唇が重ねられ、それはすぐに深いキスへと変わる。くたっと体から力が抜けた。

ようやく離れた相澤は陽茉莉の顔を覗き込んできた。

「陽茉莉。俺が陽茉莉のことを愛しているって知っているよな？」

「……うん」

「そんな風に思われていたとは、ちょっとショックだな」

「ごめんなさい」

本当にだめだめで、気持ちが落ち込む。

彼のことを傷つけるつもりはなかったのだ。

ただ、相澤がとても素敵だから、自分よりもっと綺麗で魅力的な人に好意を持たれて、そちらに取られてしまうのではないかと不安になった。

「そんなこと、あるわけない」

相澤はくすっと笑う。

「霧島コーポレーションのご令嬢は婚約者がいるよ。俺が最近結婚したと知って、新婚生活について色々聞かれたりしているだけ」

「そうなんですか？」

「そうだよ」

相澤はそこで、なにかを言い迷うように言葉を一旦置く。

「陽茉莉。やっぱり俺、陽茉莉とのこと会社でもオープンにしたい。進んで言う必要はないけど、聞かれたら答えたい。俺の可愛い嫁は陽茉莉だって」

「うん」

「俺が陽茉莉以外に異性として心惹かれることなんて、絶対にない」

「うん」

「もう機嫌は直った？」

「うん。ごめんなさい」

「いいよ。陽茉莉がそういう風に不安に思って嫉妬するくらい、俺のことが大好きなんだってわかったから。可愛いなって思った。それに、自分に逆のことが起きたら俺はなにしでかすかわからない」

「なにしでかすかって……」

そんな大袈裟な。

陽茉莉の心の声は口に出さずとも、しっかりと相澤に伝わったようだ。

「大袈裟だって思っている？　狼神の嫁に対する執着を甘く見ないでほしいな」

再び唇が重ねられ、蕩けるようなキスをされる。

「陽茉莉。愛している」

直接耳に囁くように言われた言葉は、甘く脳天を痺《しび》れさせた。

◇　◇　◇

「新山さんっ！　水くさいよー。言ってくれればよかったのに！」

そう言って目の前で大袈裟に両手を天井に向け肩を竦めるのは、斜め前に座る同僚の岩崎さんだ。

——聞かれたら変に隠さずに正直に言う。

相澤とそう決めて一週間、思ったより早く、陽茉莉と相澤が結婚しているという噂は社内を駆け巡った。ということは、陽茉莉が想像していたよりもずっと多く、相澤は妻について聞かれる機会があったのだろう。

「すみません。なんとなく言いづらくって」

陽茉莉は恐縮しながら答える。

騙すつもりはなかったのだけれど、結果的にそう受け取られてもおかしくはない。

「まあ、あれだけ相手はどこの誰なんだってみんなが興味津々に話していたら、言い出しづらいよね。その気持ち、わかるわ」

岩崎さんは怒るわけでもなく、腕を組んでうんうんと頷く。

「相澤さんってさ、奥さんのことを話すときは目尻が下がって、本当に幸せそうな顔をするらしいのよね。きっと、新山さんのこと思い浮かべながら話していたのね。そりゃ、ちょっと恥ずかしいよね」

「あはは……」

「相澤さん、家だとどんな感じなの？」

興味津々な様子で、岩崎さんが尋ねてくる。

「家だと……」

いつも蕩けるような眼差しで陽茉莉を見つめ、愛していると告げてくる相澤の顔が脳裏に浮かぶ。自宅での相澤をひと言で表すならば〝愛妻家〟だ。でも、それを言うのはちょっと……いや、だいぶ恥ずかしい。

頬が赤くなるのを感じる。

陽茉莉のことをじーっと見つめていた岩崎さんは、ハッとしたような顔をした。次いで、にんまりとして口の端を上げる。

「あー。今、相澤さんの気持ちがわかったわ。新山さんったら、赤くなって可愛いー！」

岩崎さんが楽しそうに笑う。

（なんなのこれ。恥ずかしすぎる）

ちょうどそのとき、パソコン画面上にスケジューラのお知らせ通知がポップアップで現れる。あと五分で課内ミーティングが始まる。

「あ、岩崎さん。そろそろミーティングの準備をしないと」

「え、もうそんな時間？」

岩崎さんは時間を確認し、慌てたように準備を始める。

（助かった！）

陽茉莉もパソコンを持ち、そそくさと会議室へと向かったのだった。

この日は週に一回の課内ミーティングだった。それぞれの担当業務の進捗確認や、課内で共有しなければいけない事項の連絡などをする会議だ。

「営業第三から、新規の大型案件の依頼が来ている。霧島コーポレーションが自社ブランドの美容化粧品の大幅リニューアルを予定しているから、新規プロジェクトチームが組まれる予定だ」

各自の担当業務報告が一巡したタイミングで、新商品企画課の課長である高塔が口を開く。わいわいとした会議室の空気がぴんと張り詰める。

「検討した結果、プロジェクト参加メンバーは主担当に安西さん、副担当に新山さんに入ってもらおうと思っている。ふたりとも、いいかな？」

高塔が陽茉莉の意思を確認するように、こちらを見る。

大型新規案件と聞いて、すぐに以前安西さんから打診された件だとわかった。けれど、それが霧島コーポレーションの案件だとは知らなかったので、陽茉莉は少なからず驚いた。霧島コーポレーションといえば、相澤が担当している営業先だから。

「はい」

安西さんがすぐに返事をする。

「はい、頑張ります！」

陽茉莉も慌てて、しっかりと返事する。

「よし、頼む。参加メンバー以外も、適宜サポートしてやってほしい」

高塔はふたりの返事を聞き、満足そうに口元を緩める。そして、会議室のメンバーの顔を見回すと、全員が「はいっ」と答えた。

チームミーティング終了後、陽茉莉は安西さんに呼び止められた。

「新山さん、ちょっといいかな？」

「はい」

「霧島コーポレーションの案件なんだけど、来週の木曜日に早速顔合わせがあるの。この後資料を共有するから、会社の概要やリニューアル予定の既存製品については事前に目を通しておいてくれる？」

「わかりました」

陽茉莉は頷く。

営業部にいるときも、初顔合わせの前に相手の会社概要や商品を頭に入れるということは最低限やっていた。

「霧島コーポレーションの担当さんってさ、どことなく相澤さんに似ているんだよ」

話が終わると、安西さんがこそっと耳打ちしてくる。

「へえ、そうなんですか？」

「うん、なんとなく」

安西さんは頷く。

（礼也さんに似ている……）

どんな人なのだろうかと、会うのが楽しみになる。

デスクに戻りしばらくすると、資料の入った共有フォルダの場所を示すメールが安西さんから送られてきた。さらに、先方のニーズについて営業第三がまとめた資料も添付されている。

（あ、礼也さんの名前だ）

資料の最後、担当者の欄に相澤の名前を見つける。

ちょっとしたことなのだけれど、とても嬉しく感じた。

◇◇◇

初顔合わせの日はあっという間にやってきた。

「村上圭吾《むらかみけいご》です。よろしくお願いします」

はきはきとした口調に、爽やかな笑顔。

霧島コーポレーションの担当者である村上はとても快活な雰囲気の好青年だった。

短い黒髪は整髪料ですっきりと上げられ、少しがっしりとした体格から判断するになにかスポーツでもしている人なのかもしれない。凜々しい雰囲気のイケメンだ。

「それでは説明させていただきます。現在の――」

初回は既存商品の説明や、どういうニーズでリニューアルをしたいかなどの説明がメインだった。その内容は相澤がまとめた資料と一致しており、すんなりと理解できた。

初顔合わせの後は、自然な流れで飲みに行きましょうという話になる。

陽茉莉は相澤に連絡しようと、スマホを取り出す。

【今日、霧島コーポレーションの方たちと懇親会があるんですが行っていいですか?】

【了解。あまり遅くなるようだったら、連絡して】

【はい】

今日が初顔合わせであることは相澤に事前に言ってある。相澤も懇親会があることは予想していたようで、すんなりと悠翔のことは任せられた。

今日の打ち合わせには、六人が参加した。

アレーズコーポレーションからは、主担当の安西さん、副担当の陽茉莉、それに、実際に物を作る生産部から担当者がひとり。そして、霧島コーポレーションからも三人が参加していた。

会社から懇親会会場の居酒屋へは細い裏道を数百メートル歩く必要がある。歩道に自然とふたりずつ三組に分かれて歩いていると、隣を歩く村上が話しかけてきた。

「新山さんって、今年から商品開発部なんですか？」

「はい、そうなんです」

「へえ、実は僕も今年の四月に異動してきたばかりなんですよ。新入り同士、新しい風を吹かせるべく頑張りましょう」

にこっと笑う村上の口元から、並びのよい白い歯が覗く。

（この人、爽やかだなあ）

顔が似ているわけでもないのに安西さんが『どことなく、相澤さんに似ている』と言っていたのは、多分この雰囲気のせいだろうと思った。いるだけで場が明るくなるような不思議な魅力がある。

「商品開発部の前はなにをしていたんですか？」

「私は営業部だったんです」

「へえ、そうなんですか。僕も新人から三年間、営業をしていました」

「あ、なんとなくわかります。村上さん、営業に向いてそうです」

「そうかな？　どのへんが？」

「うーん。爽やかで話しやすいところ？」

陽茉莉が村上を見上げながらそう言うと、村上は嬉しそうに破顔する。

そのとき、「ヒヒッ」と嫌な声が聞こえた気がして、陽茉莉はハッとした。

(邪鬼？　近くにいる？)

とっさに周囲を見回すが、今日はお守りを身につけているせいか、近くにはなにも見えない。一方、隣を歩く村上もなにかに気付いたように周囲を見回していた。

「今、なにか変な声が聞こえましたよね？」

「え？」

陽茉莉は驚いて村上をまじまじと見つめた。

(この人、邪鬼の声が聞こえるの？)

これまで陽茉莉は、あやかしではない普通の人間で、邪鬼を見たり声を聞いたりできる人と出会ったことがない。

けれど、この人は聞こえていた？

まじまじと見つめると、村上はハッとした顔をしてばつが悪そうに視線を逸らす。

「村上さん、もしかしてさっきの声が聞こえたんですか？」

陽茉莉は思わずそう聞いた。

「えっ？」

村上の瞳が驚いたように見開かれる。

そのとき、後ろを歩く村上の同僚がしっと村上の肩を抱いた。

「あ。まーた言い出したよ、こいつ。ごめんね、新山さん。村上って霊感強いみたいで、あっち系がときどき見えたり聞こえたりしちゃうんだよね」

村上の同僚は、困ったようにそう言った。

「霊感が強い？」

「そうそう。ときどき、なにもいないのに『変なのがいる』って言ったり、『おかしな声が聞こえる』って言ったり」

「人を変人扱いして、ひどいな。本当に聞こえたんですって」

村上は参ったなあと言いたげに、頭をかく。

「へえ」

陽茉莉は平静を装いながらも、意識を集中させて村上を探る。

以前、香代から神力や妖力、それに邪鬼の持つ穢れを探る方法を教えてもらったことがあるのだ。ほんのわずかだけれど、神力の流れを感じるような気がした。

（それって、幽霊じゃなくって邪鬼なんじゃ？）

先ほど村上が『変な声が聞こえる』と言ったとき、陽茉莉も声を聞いた。邪鬼の声だ。幸いにしてその声の主である邪鬼はいつの間にかいなくなっていたが、今度は村上のことが急に心配になる。かつて陽茉莉が邪鬼に襲われていたように、なんらかの悪さをされないのだろうか。

居酒屋に到着すると、六人掛けのテーブル席に案内された。一番年下の陽茉莉が末席に座ると、正面に村上が腰を下ろす。

「新山さん、なに飲みます？　ビールでいいかな？」

「私、ソフトドリンクにします」

「あれ？　お酒飲めないんですか？」

「はい、ちょっと――」

初対面の仕事関係者に『妊娠しているので』と言うのがためらわれて、陽茉莉は言葉を濁す。

「じゃあ、こっちでいい？」

村上は陽茉莉にメニューを差し出す。それはソフトドリンクが載っているページだった。

「ありがとうございます。――じゃあ、ジンジャエールで」

「了解。ジンジャエール好きなの？」

「はい。最近よく飲みます」

ジントニックが飲めないから、代わりに。

「美味しいですよね。僕も好きです」

村上がにこりと微笑む。

（いい人そうでよかった）

初めての大型プロジェクトだけれど、人に恵まれて楽しい仕事になりそうな予感がした。

サラダや肉料理、ピザなどが運ばれてくる中、陽茉莉は気の向いた料理を食べながら皆の話に耳を傾け、時折相槌を打つ。仕事の話もあれば、プライベートの趣味の話などもあった。

「そういえば村上さん。さっき、ここに来る途中に霊感が強いって――」

陽茉莉は気になっていたことをおずおずと村上に聞く。

「ああ、そうなんですよ。小さいときから、変なものが見えたり聞こえたりするっていうか――」

「へえ……。それってどんな？」

「うーん。ときと場合によるんだけど、黒っぽくって小さな人間みたいな形をしていることが多いかな。あとは、鬼みたいに角が生えていることもある。聞こえる声は『チョウダイ』って言っていることが多い気がするな」

村上は陽茉莉の質問を特に不審がる様子もなく、宙を眺めながら思い出すようにそう語る。

村上の話を聞いて確信した。それは間違いなく、邪鬼だ。村上の体が欲しくて、『チョウダイ』と言っているのだろう。

「そのお化け、襲ってきたりしませんか？」

「うーん。ときどき迫ってくることがあるけど、手で払うといなくなるね」

「手で払う？」

陽茉莉は眉根を寄せる。

手で払うとは一体？　祓除札もないのに、祓えるのだろうか？

「あれ？　新山さんってもしかしてそっち系の話好きなの？　じゃあ、おすすめの映画があるんだけど──」

陽茉莉が根掘り葉掘り聞いたものだから、そっち系が好きなのだとすっかり勘違いをされてしまった。

この後、陽茉莉は会がお開きになるまで、あまり好きでもないホラー映画のおすすめ作品を延々と紹介される羽目になったのだった。

◇　◇　◇

（やっぱり……）

その日、夜遅く帰宅すると相澤はリビングでなにかの映画を見ていた。

「ただいま」

「お帰り」

陽茉莉に気付いた相澤はにこっと表情を綻《ほころ》ばせる。陽茉莉は相澤の隣にぽすんと座った。

「どうだった？」

「皆さん、とてもいい人たちでした。働きやすそうな感じで、これからが楽しみです」

「そう、よかった」

相澤は腕を伸ばして陽茉莉の頭をくしゃくしゃっとすると、陽茉莉の体をひょいと持ち上げ、自分のもとへと引き寄せる。

「礼也さん？」

突然膝の上にのせられる格好になり、陽茉莉は戸惑った。目が合うとちゅっと触れるだけのキスをされ、相澤が首元に顔を寄せる。

「ほんのわずかだけど、匂う。もしかして、邪鬼に会った？」

「あの……。会ったっていうか――」

陽茉莉は今日、懇親会の会場に向かう途中に邪鬼らしきものの声を聞いたことを思い出す。

「近くにいたの。だけど、お守り持っていたおかげかすぐにいなくなったよ」

「そう」

相澤は陽茉莉の体についた穢れを取り払うかのように服の上から軽く撫でる仕草をする。そして、陽茉莉をぎゅっと抱きしめた。

「心配だな」

「礼也さん、大丈夫だよ。私も昔みたいにやられっぱなしじゃないし、普段は礼也さんが作ってくれたお守りも持っているし。ただ――」

陽茉莉は言葉に詰まる。今日見た、村上のことがどうしても気になったのだ。

「どうした？」

「気になる人がいるんです」

「気になる人？」

相澤は首を傾げる。

「はい。今日初めて会った霧島コーポレーションの担当の方なんですけど、邪鬼が見えるみたいなんです。それに声も聞こえるみたいで」

「それは妙だな」

相澤の眉根が寄る。

「邪鬼の声を聞いたり姿が見えるということは、かなり神力が強いことを意味する。

それはつまり、邪鬼から狙われやすい体だってことだ。普通だったら、とっくに祓除師にスカウトされるなり、誰かしらのあやかしに保護されるなりしているはずなんだが——」

「そうですよね」

陽茉莉も神力が強く、幼い頃からよく邪鬼に体を狙われた。それが今日まで無事でいられたのは、相澤がくれたお守りをいつも身につけていたからにほかならない。お守りがなかったら、とっくのとうに邪鬼に呑まれていただろう。

「私も不思議に思って、その人に聞いたんです。お化けが襲ってくることはないのかって。そうしたら、手で払うといなくなるって」

「手で払う……」

相澤は思考を巡らせるように部屋の中央の一点を見つめる。

「昔、聞いたことがある。祓除札を使わなくても邪鬼を祓える、特別な手を持った人がいるって」

「特別な手？」

「〝祓いの手〟と呼ばれる、滅多にいない珍しい能力だ。祓いの手を持っているのは、本来であれば神に昇華したあやかしだけだから。わかりやすく言うと、祓いの手を持っている人は生まれながらの祓除師ってことかな」

「あ、確かに」

陽茉莉はハッとして口元を手で押さえる。

相澤は邪鬼を祓う際、祓除札を使わない。特に疑問も持っていなかったけれど、あれは狼神様になったことにより、祓いの手という特殊な能力で邪鬼を祓っていたのかと合点した。

それに、思い返せば相澤の父親である雅也も祓除札を使わずに邪鬼を祓っていた。

「いずれにせよ、それは気になる話だな。本当に祓いの手を持っているならかなり神力が強いことは間違いないし、あやかしを連れていなければ邪鬼からは格好の獲物だと認識される」

「そうですよね」

やはり心配した通りだ。村上は、邪鬼から狙われる立場にいるらしい。

「陽茉莉。その人と次に会う会議って、いつ？」

「来週の木曜日です。毎週木曜日を定例会議の日にすることになっています」

「わかった。じゃあ、次の木曜日は俺もなにかしらの理由をつけて会に参加するよ。その人に直接会いたい」

「わかりました」

陽茉莉はこくりと頷く。相澤は霜島コーポレーションの営業担当者なので、会議に参加してもさほど不審には思われないはずだ。

「なにもないといいんですけど……」

不安げに呟く陽茉莉の背中を、相澤はトントンと安心させるように叩く。

「陽茉莉。そろそろ他の男の話はおしまい」

「他の男って――」

「俺に集中しろよ」

相澤が不満げに言う。

（男性とか女性とか関係なく、神力が強い人がいることを心配して話しただけだけれど？）

相澤もそれはわかっているはずなのに、強引に話を打ち切られてしまった。

（仕方ないなぁ）

なんだかんだ言って、陽茉莉は相澤がときどき少し強引になるところも嫌いじゃない。村上のことは、これまでもあやかしの助けがなくとも自力でなんとかしていたのだから、さほど心配する必要もないだろう。

「今日、話の流れで私が大のホラー好きだと勘違いされて、おすすめ映画をたくさん紹介されちゃいました」

「陽茉莉が？　怖がりなのに」

相澤は思いもよらない情報に、くすっと笑う。

「ですよね。私、礼也さんの見ていた映画を一緒に見たいな」

ぱっと見た限りでは、昨年公開されたファンタジーアクション映画のようだった。

「いいよ。一緒に見よう」

相澤が陽茉莉に回していないほうの手でリモコンを操作して、映画を最初から再生し直す。陽茉莉の体を後ろからすっぽり包むように腕が回された。

（温かい）

背中から温もりを感じて、ほっと落ち着く。

陽茉莉は心地よい幸福感に身を委ねたのだった。

◆◆ 3

翌週の木曜日。

相澤は宣言通り、新商品開発の定例会議に参加してきた。

「あれ？　相澤さん、どうされたんですか？」

霧島コーポレーションの面々は相澤の登場に、少し驚いたような顔をした。

「御社の営業担当として、開発ニーズをしっかり把握しておくことも大切ですので。

可能な限り、営業部からも同席させていただくようにしようかと」

「なるほど、そういうことですか。本当に熱心に対応していただき、恐縮です」

霧島コーポレーションの担当トップ、企画推進課の長瀬はにこにこしながら頷く。この場に同席するために適当に考えた言い訳だと思うのだけれど、相手はすっかりと信じ込んでいるようだ。

相澤は名刺入れを胸元から取り出すと、まだ面識のないメンバー――村上に近づく。

「アレーズコーポレーション営業部第三課の相澤です。よろしくお願いします」

「霧島コーポレーション企画部企画推進課の村上です。頂戴《ちょうだい》いたします」

村上は慌てて立ち上がり、前回と同じように爽やかな笑みを浮かべると相澤の名刺を受け取る。そして、それを名刺入れの上に重ねて机の端に置いた。

打ち合わせの後は、今回も懇親会があった。会場は、会社の近くにある和風居酒屋の個室だ。

会場に向かおうと歩き出した陽茉莉に村上が話しかけてきた。

「新山さん。この前おすすめした映画、見た？」

「あ、まだなんです」

陽茉莉は恐縮したように答える。まだもなにも、ホラー映画は怖いから好きじゃない。一生見ることはない気がするけれど、営業トークでそう答える。

「そっか。映画以外はなにが好きなんですか？」

「うーん、お料理が好きです」

「へえ」

村上はびっくりしたような顔をしたが、すぐに口元に笑みを浮かべる。

「料理、いいですね。どんな料理だろう？」

「あ、大したものは作れないんですよ。ただ、好きっていうだけで」

もしかしてフレンチのコース料理のようなものを想像されているのではと思い、陽茉莉は慌てて両手を振る。

「村上さんは、どんなご趣味が？」

「学生のときから、テニスを」

「へえ。村上さんのイメージぴったりです。爽やかで」

「そうかな？」

村上は少し照れたように笑う。

「よかったら、新山さんもやってみませんか。楽しいですよ」

「えっと……」

陽茉莉は言いよどむ。

おそらく営業における『一緒にゴルフに行きましょう』というのと同じノリで誘ってくれたのだろうとは思うけれど、妊娠している今は激しい運動は避けたい。

そのとき、ぐいっと背後から肩を寄せられた。

「危ないぞ」

陽茉莉の横を、サラリーマン風の数人がすり抜けてゆく。陽茉莉を引き寄せたのは、すぐ後ろを歩いていた相澤だ。

「ごめんなさい。前を見ていませんでした」

「気を付けて。店に着いたぞ」

相澤に言われて通り沿いの建物を見る。看板に目的の店の名前が書かれていた。

ビールジョッキがぶつかり合う、カチンという音が鳴る。

「今日はありがとうございました」

丁寧に頭を下げるのは、陽茉莉の上司である高塔だ。高塔も陽茉莉から村上の話を聞き、『ぜひご挨拶をさせていただきたい』と言ってこの場に参加している。

高塔と相澤を含めて、アレーズコーポレーションからの参加者は合計五人になる。それは自社が重用されているという印象を与えたようで、霧島コーポレーションの面々はとても上機嫌だ。

「アレーズコーポレーションさんには本当に感謝しています。こちらのニーズをしっかりと汲んでくださり――」

感激したようにそう言うのは、村上だ。

「お役に立てて光栄です。私どももそう思っていただけると、やりがいがあります」

相好《そうごう》を崩す村上に、相澤は柔らかい笑みを浮かべて相槌を打つ。

「それにしても、アレーズコーポレーションさんは営業と企画、製造の部署間の連携が素晴らしいですね」

「従業員が数百人しかいないので、もともと風通しがいいのかもしれません」

相澤はそう言うと、村上の顔を見てにこりと微笑んだ。

懇親会は和やかに進む。末席に座る陽茉莉の正面には、今日も村上が座っていた。

「新山さん、普段の週末はなにして過ごしているの？」

「週末ですか？　出かけることが多いかもしれません」

悠翔と公園に行ったり、一週間分の買い出しをまとめてしたり、邪鬼を退治しに行ったり。

「へえ。結構アウトドア派なんですね」

村上がにこにこしながら相槌を打つ。そのとき、陽茉莉の隣に座っていた相澤が会話に加わってきた。

「村上さんは映画がお好きだそうですね。妻から話を聞きましたよ」

「妻……？」

小首を傾げた村上に対し、相澤は視線を陽茉莉に向ける。こちらを見た村上と目が合った陽茉莉はぺこりと頭を下げた。

「え？　もしかして、相澤さんと新山さんってご夫婦なんですか？」

村上が驚いたように目を見開く。

「ええ、そうなんですよ。社内恋愛でして」

相澤がにこりと微笑み、頷く。

「へえ、そうなんですか！　それは存じ上げませんでした。指輪もしていらっしゃらないから」

「わけあって、今製作中なんです」

「へえ……」

村上はまじまじと相澤と陽茉莉の顔を見比べる。

ちょうどそのタイミングで、店員が刺身を運んできた。盛り合わせではなく小皿に盛られたもので、それぞれの席の前に置かれる。

「陽茉莉、食べないよな？」

「うん。やめておく」

陽茉莉は自分の前に置かれた刺身を相澤に手渡す。

「あれ？　新山さんお刺身嫌いなんですか？　珍しいですね」

そのやり取りを見ていた村上が、不思議そうに陽茉莉を見る。

「実は今、妊娠していて。生ものは避けているんです」

陽茉莉はおずおずとそう告げる。

そんなに気にすることはないと思うけれど、万が一ということもあるので生ものは避けるようにしていた。

「妊娠？」

村上はびっくりしたようで、陽茉莉の下腹部に視線を向けた。

まだ妊娠五ヶ月に入ったばかりなので、お腹はほとんど出ていない。さらに今日はゆったりした服を着ているので余計にわかりにくいだろう。

「初日にお酒を飲めないと言っていたのはそういうわけだったんですね。ちっともわからなかった。知らなかったとはいえ、大事な時期に本当に失礼しました」

「いえ、お気にならさずに。こちらこそ、余計な気を使わせてしまってすみません」

陽茉莉は笑顔で、胸の前でひらひらと両手を振る。

「これは新山さんが安心して赤ちゃんを産めるように、このプロジェクトをしっかり進めないとですね。今後とも、どうぞよろしくお願いします」

村上は頭をかくと、陽茉莉と相澤を交互に見て頭を下げた。

◇　◇　◇

霧島コーポレーションとの懇親会から自宅に戻る。ドアを開けると、リビングの明かりがついているのが見えた。

「お帰りなさいませ、礼也様、陽茉莉様」

ドアが開くのに合わせて出迎えてくれたのは香代だ。悠翔は明日も学校があるので、天界に預けるのではなく、香代に来てもらったのだ。

「悠翔様はすでにお休みになっておりますよ」

「うん、ありがとう」

陽茉莉が悠翔の様子を見に行ったので一緒についていく。

「ふふっ、よく眠っていますよ」

陽茉莉の肩越しに悠翔のベッドを覗く。一般的なサイズのシングルベッドのすみっこで丸くなって寝ているオオカミの姿があった。

悠翔はまだ小さく、眠るときに無意識にオオカミの姿になってしまうことが多い。なので、民間のシッターサービスには頼むことが難しいのだ。

「香代、面倒かけたな」

「いえ、かまいません。それで、どうでしたか?」

香代は小さく首を振ると、そう尋ねてきた。『どうでしたか?』というのは、事前に話していた村上のことだろう。

「思った通り、かなり神力が強かったよ。確証はないが、陽茉莉が聞いた話から判断すると、祓いの手の持ち主だ。修行をすれば、かなり強力な祓除師になれると思う」

相澤は、今日初めて会った村上の様子を思い出す。

陽茉莉と同じ二十代半ばの、心身ともに健康そうな男だった。相澤が見た限りでは、邪鬼の穢れが移っている様子もいっさいない。正直、あの神力の強さで今まで無事でいられたことが驚きだ。きっと、生まれながらに持った祓いの手の能力のおかげだろう。

だが、今まで無事だったからといってこれからも無事であるとは限らない。才能がある人材なら、なおさら祓除師になるべきだ。それが、本人の身を守ることにもつながる。

「雅也様とも相談しますが、祓除師として活動していただけるようお願いする方向で検討しましょう」

「そうだな」

相澤も頷く。

祓除師はとても貴重な存在で、ひとりでも増えるのはありがたいことだ。

ただ――。

村上が陽茉莉を見るときの、熱を孕んだ眼差しを思い出す。陽茉莉が相澤の妻だと知ったときの、落胆の表情も。

祓除師になれば、否が応でも陽茉莉とは接触を持ち続けることになる。強い邪鬼を退治する際は、往々にしてチームを組むからだ。

それだけが心配だった。

◇◇◇

スマホの画面を確認すると、すでに深夜零時を回っていた。

ひとりで少しだけ飲み直しただけのつもりが、思った以上に時間が経っていた。

(そろそろ帰らないと)

歩き始めた村上は、先ほどの懇親会を思い出し小さく息を吐く。

(ついてねえなー)

久しぶりに好みの女性に出会えたと思ったのに、まさかの既婚だったとは。

自分で言うのもなんだが、村上はそれなりに異性にモテる。見た目は爽やかでハンサムだと言われるし、大学もそれなりのところを出て業界では大手と呼ばれる企業に就職した。もともと営業をしていただけあって、異性が相手でもおもしろおかしく話をつなぐことだってできる。

そんな村上が恋人を作ってもなかなか長続きしないのには、ある理由があった。

「ん？」

暗い路地に煌々と光る自動販売機の脇は、その明るさとは対照的にどこまでも続く闇を思わせる。そこにもぞもぞと蠢く影を見つけ、村上は足を止めた。

「ヒヒヒッ」

ぽっかりと開いた穴のような瞳はまっすぐにこちらを見つめている。

「ミツケタ。ホシイナ、ホシイナ」

「うるせえよ」

よろよろとこちらに近づき縋ってこようとする人ならざるものを、村上は乱暴に手で追い払う。村上にバシンと触れられた黒いものは「アアー」と悲鳴をあげながら闇にかき消えた。

それを見届けてから、村上はまたとぼとぼと歩き出す。

そう、これこそが村上がなかなか恋人と長続きしない理由だった。

どれくらい昔からだろう。物心ついた頃には、このおかしな連中が見えるようになっていた。

彼らは夕暮れになると現れ始め、物陰からじっとこちらの様子をうかがう。そして、お決まりのように『ホシイ』『イイナ』と言って、自分に縋りついてこようとする。

「なんなんだよ、一体！」

ガシガシと頭を乱暴にかき乱す。

彼らが現れるのは、村上がひとりのときとは限らない。恋人とのデート中であっても容赦なく現れ、村上に向かってくる。

不思議なことに、この連中は自分以外には見えないようだった。村上が焦って振り払い、『おかしなやつらがいる』と言うと、恋人は決まって奇妙なものを見るような視線を村上に向け、さらにそれが続くとやがて向こうから去っていく。

『あの人、ちょっとおかしいのよ。頭がやられているのかもしれないわ』

別れたばかりの恋人が友人たちに向かってそんなことを言っているのを聞いたのは、大学生の頃だっただろうか。

とにかく、あのおかしな連中のせいで村上は日常生活に時折支障が出ているのだ。

一度だけ周囲の人に勧められて祈祷師なる人物にお祓いをしてもらったこともあったが、まったく効果がない。変化は祈祷料一万円が財布から減ったことだけだ。

（あの子、いいと思ったんだけどなあ）

村上は、先日仕事で知り会ったばかりの女性――新山陽茉莉を思い浮かべる。

くりっとした瞳を縁取るまつげはしっかりと上を向き、鼻はやや小さめ、色が白く、肩より少し長めのストレートヘア。にこにこと人当たりがよく、まるで小動物を思わせるかのような可愛らしい女性だった。

要するに、陽茉莉は村上の好みのタイプなのだ。

初対面の日、懇親会会場に行く途中にまたあのおかしなやつが現れた。とっさに『声が聞こえる』と漏らした村上は、直後にしまったと思った。

この声は、村上以外には聞こえないのだ。初対面の取引先担当者におかしなやつだと思われたら――。

しかし、陽茉莉の反応は村上の予想とは違った。

『え？　村上さん、もしかしてあの声が聞こえるんですか？』

それは初めての、自分以外にあいつらを認識できる人間に出会った瞬間だった。

ふたりの会話を聞いた同僚たちがすぐに『村上は霊感が強いんだ』とフォローしてきて、普段であればそれはとてもありがたいことなのだが、それよりも先ほどの陽茉莉の反応が気になって、あの日はむしろ余計なことに思えた。

飲み会の席でも陽茉莉は、荒唐無稽《こうとうむけい》とも思える村上の話に真剣な顔をして耳を傾けてくれた。馬鹿にすることもなく『それは大変でしたね』と共感さえ示してくれた。

(この子だったら、俺もうまくいくかもしれない)

そんな好意の気持ちが芽生えたのは、ごく自然な流れだった。

――それなのに。

「よりによって結婚しているのかよ」

村上はぶっきらぼうに吐き捨てる。

陽茉莉の相手は、同じ会社の別の部署に勤める相澤という男だった。村上が直接会うのは今日初めてだったが、メールのCCでは何回か名前を見かけたことがある。同僚から『とてもやり手で、信頼できる』という評判を聞いて、どんな人なのだろう、一度会ってみたいと思っていた人物だった。

村上は先ほどの相澤の様子を思い浮かべる。

一見すると俳優だろうかと思うような整った容姿に、穏やかな物腰。しかし、その態度は凜としていて自信にあふれていた。女だけでなく、同性である男から見ても格好いいと言われるタイプだ。

(あー。ついてねえ)

先ほどと同じことを思って息を吐く。

そのとき、目の前に影が差した。

「欲しかったら、奪ってしまえばいいんですよ」

「え？」

まるで頭の中で考えていたことを見透かしたような言葉をかけられ、村上はハッと顔を上げる。真っ暗な通りの中、目の前には見知らぬ男がいた。かっちりとしたスーツを着て、手にはビジネスバッグを片手に持っている。

村上はとっさに周囲を見回した。自分以外には誰もいない。

「あんた、誰だ？」

学生時代や仕事関係の顔見知りかと記憶を辿《たど》ったが、思い当たる人物はいない。突然話しかけられ、村上は困惑した。

「私ですか？」

男は突然村上の手首を掴むと、あっという間に両手首をまとめて捻り上げた。

「この手は少々厄介なので、使えないようにしないと」

「うぐっ」

今日はやっぱりとことんついていない。

気になる子に旦那がいることが判明するわ、黒いおかしなやつに遭遇するわ、挙げ句の果てに頭のおかしいサラリーマンに理由もなく襲われるなんて。

（くそっ、外れない！）

学生時代からテニスをやっている村上はそれなりに腕力がある。けれど、その男は恐ろしいほどに力が強く、振り払えそうにもなかった。

人通りのない裏路地。助けを呼ぼうとしたところで酔っ払いがなにかを叫んでいると思われるのが関の山だろう。

「こんなことしても、なにも持っていないぞ」

恐怖心を振り払うように威勢よく叫ぶ。

「なにも持っていない？　そんなことはないですよ。あなたは最高の器を持っている」

男はにたりと口の端を上げる。

その表情を見た途端、体の奥底から恐怖心が込み上げた。

「器？　なにを言って――」

「私は、あなたになるんですよ」

ゆっくりと紡がれる言葉に、思考が停止する。

村上の両腕を掴んでいないほうの男の手がこちらに伸びてくる。両目を覆うようにがしっと顔を掴まれ、村上の意識は闇に呑まれた。

◆◆

4

翌週の木曜日。

三回目の打ち合わせとなったこの日、いつものように霧島コーポレーションとの会議を終え、懇親会に向かった陽茉莉が聞いたのは、思いもよらない情報だった。

なんと、先週の懇親会の後、村上が酔っ払って路上で寝てしまい、通りかかった人に発見されて通報されたというのだ。

陽茉莉は霧島コーポレーションの長瀬の話に、目を丸くする。

「え？　本当ですか？」

「そうなんですよ、こいつ。で、近所の人に通報されて、警察から職場に連絡が来たってわけですよ」

「それは大変でしたね」

陽茉莉は神妙な面持ちで相槌を打つ。

「だけど、村上さんそんなに飲んでいましたっけ？」

一緒に話を聞いていた安西さんが先週のことを思い出すように、首を傾げる。その疑問には、陽茉莉も同感だった。ほんのり顔が赤らむ程度で、酔っ払っているようには見えなかったのに。

「それにしても、笑い話で済んでよかったですね」

陽茉莉はしみじみと言う。

酔っ払って転んで頭を打てば、打ち所が悪いと大怪我になる。それに、路上で意識を失えば、場所によっては車に轢《ひ》かれる可能性や、手荷物を盗まれる可能性だってある。

幸いにして村上に大きな怪我はなく、手首を捻ったような腫《は》れがあるだけだという。まさに、不幸中の幸いといえる。

「酔っ払っても顔に出ないタイプなんですね。今日は一杯しかだめですよ」

安西さんが笑ってそう言うと、周囲に笑いが漏れて村上も困ったように肩を竦める。

「本当にご心配とご迷惑をおかけしました」

「ま、そういうこともあるよ。気を取り直して、乾杯！」

霜島コーポレーションの長瀬が杯を持ち上げて叫ぶ。

それに合わせて、周囲の人たちも「かんぱーい」と声をあげた。

◇◇◇

アレーズコーポレーション　新山様

いつもお世話になっております。

霧島コーポレーションの村上です。

先日の定例打ち合わせではありがとございました。

持ち帰り分を社内検討した結果、打ち合わせの際にご提案いただいた方向で概《おお》ね同意がとれる見込みです。

つきましては、その件につきまして次回の定例打ち合わせまでに細部について事前相談させていただきたく存じます。

一度ふたりで打ち合わせさせていただけないでしょうか?

来週の月曜日か火曜日の夕方でご都合がつく日をお知らせいただけますと幸いです。

どうぞよろしくお願いいたします。

霧島コーポレーション　村上

陽茉莉のもとにそんなメールが届いたのは、定例打ち合わせの翌日である金曜日のことだった。

昨日の打ち合わせでは、霧島コーポレーションの要望に対してふたつの提案をし、その中の一方がいいのではないかという話になった。そして、その場では『霧島コーポレーション側で社内検討する』という結論になっていた。

（もう決まったんだ。早い！）

村上は仕事ができる人だとは聞いていたけれど、想像以上にどんどん話が進んでいく。ただ、メールを読んでちょっとだけ気になることがあった。

（事前打ち合わせ、私でいいのかな？）

陽茉莉は確かにこの案件の担当者だけれども、立場はあくまでもサブだ。主担当の安西さんでなくていいのだろうか。

「安西さん。霧島コーポレーションの村上さんから、昨日の件は社内の同意がとれたとご連絡がありました。次回までに事前打ち合わせをしたいそうなんですが──」

陽茉莉は隣の席にいる安西さんに、メールの内容を簡潔に説明する。

「同意がとれたっていうのは私にも連絡が来ていたわ。事前打ち合わせの内容は書かれていないの？」

「メール文面には書いてありません」

「じゃあ、電話して確認してくれる？　来週の月曜日と火曜日はどちらにしろ一日スケジュールが埋まっちゃっているから、内容を聞いて大丈夫そうであれば新山さんにお任せするわ」

「はい、わかりました」

陽茉莉は安西さんとの話が終わると、早速村上に電話をかけることにした。トルルル……という電話の呼び出し音が二回聞こえたところで、『はい、霧島コーポレーション企画部村上でございます』とはきはきとした声がした。

「お世話になっております。アレーズコーポレーションの新山です」

『あ、新山さんですか！　会社からのお電話だったのでわかりませんでした。お電話ありがとうございます』

電話の相手が顔見知りだとわかってか、村上の声がワントーン高くなる。陽茉莉が社用スマホではなく会社の固定電話からかけたので、すぐに陽茉莉だとはわからなかったようだ。

「いえ、こちらこそ早々にお返事いただきありがとうございます。ところで事前打ち合わせの件なのですが、内容はどういった件で――」

『ああ、その件なのですが――』

村上は電話の向こうで、饒舌にしゃべりだす。色々と話していたが、要約すると次回の打ち合わせを円滑《えんかつ》に進めるために、今回霧島コーポレーション側で出た意見などを事前にフィードバックしておきたいとのことだった。

（それなら、私だけでも平気かな）

会社としての意見や判断を求められる打ち合わせだと陽茉莉だけで行くのは荷が重いが、向こうからの連絡事項が多いのであれば問題ないだろう。

「承知いたしました。では、月曜日の夕方四時からはいかがでしょうか？　いつもこちらに来ていただいているので、私が御社に伺います」

『月曜日の四時ですね。よろしくお願いします。会議室が取れたら、追ってご連絡します』

「はい。よろしくお願いします」

陽茉莉は丁寧にお礼を言うと、通話を切る。その後、社内スケジューラを立ち上げて、【用件：打ち合わせ　内容：霧島コーポレーション　村上様】と記入した。

◇◇◇

翌週の月曜日、陽茉莉はひとりで霧島コーポレーションに向かった。

霧島コーポレーションの本社は東京駅の八重洲口《やえすぐち》から徒歩五分くらいの場所にある。陽茉莉の勤務先からそんなに遠くはないが、訪問するのは初めてだった。

一階の受付で自分の会社名と名前、それに訪問相手の所属と名前を告げる。事前にアポイントを取っている訪問者は受付システムに登録されているようで、可愛らしい雰囲気の受付嬢は「確認できました。こちらをどうぞ」と貸し出し用入館カードを差し出した。

ロビーで待っていると「新山さん」と声をかけられる。そちらを見ると、パソコンを片手に抱えた村上がこちらに向かって手を上げている。

「お待たせして申し訳ありませんでした」

「いいえ、今来たばかりです」

「会議室に案内します」

「はい」

陽茉莉は自分の鞄を肩にかけ直す。そのまま案内されたのは、丸いガラステーブルが中央に置かれた少人数向けの会議室だった。

部屋自体はさほど大きくないのだけれど、窓はあるし観葉植物も飾られており居心地のよい空間だ。

紙コップに入った水を出される。

「ありがとうございます」

「いいえ、お水で申し訳ないです。コーヒーは妊婦さんにはよくないのかなと思って」

頭の後ろをかく村上からは、人のよさがうかがえる。陽茉莉はありがたく、出された水をひと口飲んだ。

「それで早速なんですが、仕事の話を――」

村上が持っていたパソコンを大型モニタへと接続し、本題の説明を始める。いくつかのグラフと共に社内検討の際に出た意見が端的にまとめられており、要するに方向性はいいけれど、もう少しプレミア感を演出してほしいということのようだ。

「なるほど。プレミア感ですか。なにがいいかな……」

陽茉莉は頬に手を当てて考え込む。扱う商品は決まっている。となると、変えられるのは見た目、値段、商品名あたりだろうか。

いずれにしても陽茉莉の一存では決められないし、霧島コーポレーションの意向をしっかりと汲む必要がある。

(安西さんと案を考えて、再度ご提案かな)

すぐにいくつかの案が浮かんできたけれど、あれもこれもと提案しては先方も混乱する。メリットとデメリットをしっかりと押さえて説明するべきだろう。

「わかりました。いただいたご意見を参考にさせていただいて、こちらでも再度検討してみます」

「ええ、お願いします」

村上は笑顔で頭を下げると、パソコンを閉じてすっくと立ち上がる。そして、座っている陽茉莉の横にやってきた。

「ところで新山さん、この後なんですけど――」

「この後？」

陽茉莉は不思議に思い、村上を見上げる。村上の手が伸びてきて陽茉莉の肩に触れたその瞬間、異変が起きた。

――バチン！

弾くような音と共に、村上の体が崩れ落ちる。そのまま床に両膝をついて、項垂《うなだ》れるような格好になった
「え？　村上さん？　村上さん！」

突然倒れた村上に、陽茉莉は驚いた。

（どうしよう。体調不良？）

しゃがみ込んで顔を覗き込むと、明らかに顔色が悪い。額にはびっしりと脂汗が出ていた。

「村上さん、大丈夫ですか？」

陽茉莉は必死に声をかけるけれど、村上は答えない。意識はあるようだが、声が出せないほど体調が悪いのかもしれない。

（突然倒れるなんて、貧血？　もしくはもっと悪い病気かも！）

先日も大して酔っていなかったのに路上で倒れていたという話を聞いたことを思い

出し、ますます焦燥感が募る。もしかして、あれは悪い病気の前兆だったのかもしれない。

（とにかく、人を呼ばないと！）

会議室を飛び出すと、ちょうど廊下を数人で歩いている後ろ姿が見えて、陽茉莉はとっさに叫ぶ。

「すみません、助けてください！　急病人です！」

陽茉莉の声に、廊下の先を歩いていた人たちが振り返る。

「陽茉莉？」

「え？　礼也さん？」

なんでこんなところに？と思ったけれど、相澤は霧島コーポレーションの営業担当者なので、なにかの打ち合わせで来ていたとしてもおかしくない。

「どうした？」

「打ち合わせしていた村上さんが体調を崩されてしまったんです」

陽茉莉は泣きそうになりながらも事情を説明する。話を聞いた相澤たちと一緒に会議室に戻ると、村上はまだ床にうずくまったままだった。

「鈴木《すずき》さん、このビルに救護室は？」

相澤が一緒にいる女性に声をかける。

「二階に横になれる部屋があります」

鈴木と呼ばれた女性は霧島コーポレーションの社員のようで、すぐに答える。

「わかりました。そこまでお連れしましょう」

相澤は頷くと、しゃがみ込んで村上に声をかける。

「村上さん。休憩室まで一緒に行きましょう」

「私も手伝います」

相澤と一緒にいた男性が先に村上に手を貸す。相澤は反対側から支えようと、村上の腕を取った。

「えっ？」

相澤の動きが止まる。なにか予期せぬことが起きたような様子に、陽茉莉は怪訝に思った。

「礼……相澤さん、どうしましたか？」

「あ、いや……なんでもない」

相澤は陽茉莉に声をかけられてハッとしたような表情をした。そして、何事もなかったかのように村上に手を貸す。

（どうしたんだろう……？）

さっきの相澤は、明らかになにかに驚いているようだった。相澤のあんな表情は、陽茉莉も見たことがない。

（体調を崩したことに驚いていたわけではなかったよね？）

じゃあ、一体なにに？

理由はよくわからないけれど、胸の中に不安が広がるのを感じた。

◆◆

5

村上が倒れた日の夜、家に帰ってからも相澤はひとり考え込んでいた。

今日の夕方、霧島コーポレーションで陽茉莉に遭遇したのは完全なる偶然だった。陽茉莉の担当している新規案件とは別の件で打ち合わせをして、帰社しようと思ったタイミングで悲鳴が聞こえた。

『すみません、助けてください！　急病人です！』

聞き慣れた陽茉莉の声はいつになく焦っていた。

すぐに駆けつけて事情を聞き、打ち合わせ相手の村上が体調不良で倒れたようだと理解した。

急いで会議室に向かうと、村上は床にしゃがみ込んでうつむいたまま、片手でおでこのあたりを押さえていた。

とにかく休めるところに運ばなければ。そう思って村上を休憩室に連れていこうとしたそのとき、違和感を覚えた。

(な……んだ、これ……?)

触れた瞬間に、全身の毛が逆立つような嫌な感覚。

『礼……相澤さん、どうしましたか?』

声をかけられてハッとする。気付けば、陽茉莉が怪訝な表情でこちらを見ていた。

まるで邪鬼と対峙《たいじ》したときのような嫌な感覚がしたが、村上は生身の人間で、邪鬼ではない。相澤自身もこの嫌な感覚の正体が掴めず、口ごもる。

『あ、いや……なんでもない』

体調を崩しているのは確かなのだから、今は救護を優先するべきだろう。

そう思い、今度こそしっかりと村上の体を支えると、一緒にいた男性と共に休憩室へと連れていったのだが――。

相澤はローテーブルにのった缶ビールを手に取り、ひと口飲む。

(考えすぎか?)

あの後からずっと引っかかっていることがある。

たった一度だけ、相澤はあれと同じような感覚を味わったことがあった。

あれは母親が死ぬ直前のことだった。母なのに母ではない気がして、ひどく恐ろしかったのを覚えている。

今思い返すと、あのときの母はすでに邪鬼に呑まれていた。おそらく、体の内部にいる邪鬼の気配を感じ取り、違和感を覚えたのだ。

（まさかな……）

自分の予想に今ひとつ自信が持てず、どうするべきか迷ってしまう。

そのとき、ソファで相澤にぴったりと身を寄せて雑誌を読んでいた陽茉莉が、もぞもぞと体を起こした。読んでいるのは妊婦向けの雑誌で、妊娠中のおすすめの食事や出産までに用意しておくべきベビーグッズなどが載っている。

「礼也さん。戌《いぬ》の日のお参り、行かなくていいのかな？」

「戌の日？」

陽茉莉が開いているページを見ると、戌の日のお参りが特集されていた。妊娠五ヶ月頃、戌の日に安産祈願をするとお産が軽くなり、元気な子どもが生まれてくると書かれている。

「うーん、どうだろう？　俺自身が狼神だからわざわざ行かなくてもいい気もするけど……せっかくだから行くか？」

「うんっ！」

陽茉莉の瞳に期待の色が浮かんでいるのを感じ取り、お参り不要派の相澤はいとも簡単に必要派に転じる。これくらいのことで陽茉莉が喜んでくれるなら、何度だってする。

陽茉莉は表情を明るくし、早速スマホを取り出して、いつが戌の日なのかを調べだした。

「八幡神社は安産祈願もしていますかね？」

「どうだろう。厄落としの祈祷はしていた記憶があるから、やっているんじゃないか？」

「じゃあ、省吾さんにお願いしてみようかな」

陽茉莉は嬉しそうにはにかむ。

その笑顔を見た瞬間、決心した。杞憂《きゆう》である可能性は捨てきれないものの、陽茉莉に伝えよう。陽茉莉を守るために、些細な懸念も排除すべきだと。

「陽茉莉」

「ん、なに？」

陽茉莉がこちらを見上げる。

「霧島コーポレーションの村上さんとは、今後は極力接触を避けてほしい」

「今も仕事以外、接触していませんよ？」

「それはそうなんだが……。仕事でも、必要以上には会わないでくれ」

「仕事でも？」

陽茉莉はなぜ相澤がそんなことを言い出したのかと聞きたげに、眉根を寄せる。

もともと相澤は自分の独占欲が強いと自覚している。しかし、それでも仕事に関してはきっちりと区別していた。それだけに、陽茉莉は仕事の関係者に対して相澤がこんなことを言い出したのが予想外だったのだろう。

そもそも同じプロジェクトに携わっているのだから、陽茉莉と村上が会うのを完全に避けることは困難だ。しかし、これでなにかあったら、後悔してもしきれない。父の雅也は邪鬼に呑まれて最愛の妻を亡くした。その後悔と悲しみの深さを、相澤は誰よりも知っている。

「村上さんとなにかあったんですか？」

陽茉莉が探るような視線をこちらに向ける。

「村上さんとはなにもないよ。ただ、ちょっと違和感があったんだ」

「違和感？　どんな違和感ですか？」

「今日、村上さんの体を支えるために手を貸しただろう？　そのとき、ゾクッとするような……」

相澤はそこで言葉を止める。

もしも予想が正しいならば、村上はすでに邪鬼に呑まれている。そして、邪鬼を強制的に追い出すことは、呑まれた本人以外には困難だ。

狼神であった雅也ですら、邪鬼に呑まれた琴子を助けることはできなかった。

(あまり陽茉莉を不安がらせないほうがいいだろうか?)

ただでさえ妊娠して不安になりやすい時期だ。それに、新しい職場で大きな仕事を担当して一生懸命頑張っていることを、相澤は知っていた。

余計な情報を与えて不安にさせたくはない。

「とにかく、あいつと陽茉莉が近づくのは俺が嫌なんだ」

「嫉妬かな?」

陽茉莉はからかうようにそう言うと、相澤の反応をうかがうようにこちらを見る。

「陽茉莉に近づく男には、いつも嫉妬しているよ」

これは嘘でもなんでもなく、本音だ。叶うことなら、陽茉莉を自分以外の男にいっさい接触させることなく大事に大事にしていたい。

「……っ」

自分から聞いてきたくせに赤くなるところが、本当に可愛いと思った。

第五章　狼神様の最終対決

◆◆ 1

パソコンに、新着メールを知らせる通知が入る。

クリックして確認すると、次回のアレーズコーポレーションとの定例打ち合わせの場所や時間が書かれており、議事次第が添付されている。

差出人は【アレーズコーポレーション／新山陽茉莉】となっていた。

「お、村上。手はもう大丈夫か？」

「ええ、お陰様で。ご心配をおかけしました」

「しかしお前は本当にここぞと言うときにおっちょこちょいだよなー。熱い鍋を素手でさわるなんて」

「面目ありません」

村上は参ったと言いたげに頭をかく。一方の尾崎は「無理するなよ」と村上の肩を叩いて自席に戻っていった。

それを見送り、村上は触れられた肩を軽くはたく。

「どうしましょうかねぇ」

背もたれに寄りかかった村上は片手を上げ、その手を眺める。すっかりよくなっているが、当初は赤くただれて大やけどのような状態になっていた。

（彼女に関しては、本当に予想外なことばかり起こる）

村上は陽茉莉の姿を思い浮かべる。

さらさらの黒髪にくりっとした瞳の、可愛らしい女性だ。

先週、陽茉莉とふたりで打ち合わせした際、村上は何気なく陽茉莉の肩に触れた。すると、一瞬にして激しくそれを拒絶するような結界が組み上がり、触れた手は燃えるように熱くなった。村上自身は自力で立ち上がれなくなるほどのめまいと倦怠感に襲われ、陽茉莉に触れた手は大やけどしたかのようにただれた。

さらに、最大の予想外はこの後に起きた。

偶然居合わせたという陽茉莉の夫──相澤礼也に触れられた瞬間、村上は激しい不快感を覚えたのだ。それは、これまで何度も自分を窮地に陥れてきた祓除師たちが投げつける札に当たったときの感覚に似ている。

（あいつも厄介な手の持ち主か？）

村上は自分の手を眺めながら、考える。けれど、かつてこれほどまでにダメージを受けたことは一度もなかったのでなにかが違う。

それに、神力の強い人間であれば体を乗っ取るのに格好の相手のはずなのに、相澤に関してはまったく魅力を感じない。むしろ、嫌悪を覚える。あとは、陽茉莉の上司であるあの高塔という男も。

（あいつ、どこかで見たことがある気が……）

村上は改めて相澤の顔を思い浮かべる。あの人形のように整った容姿に、どこかで見覚えがあった。どこで見たのかとじっと考え、ひとつの記憶に辿り着く。

（もしかして、以前神力の強い女といたあやかしか？）

それはもう、ふた月以上前のこと。ある晩、ふと神力の強い人間がいる気配を感じ取ってそちらに向かうと、そこには人間の女とオオカミと思しきあやかしがいた。

近づいてみると、女は想像以上に神力が強かった。これはいい体を見つけたと思いきや、それを邪魔してきたのは一緒にいたあやかしだ。月明かりに煌めく銀色の髪と白銀の尻尾を持つ袴姿の男で、驚くほど整った見目をしていたのを覚えている。

そこで村上は首を横に振る。

（いや、あれはあやかしではなかった）

これまで何度か自分を祓おうとする祓除師やあやかしに遭遇したことがあるが、あんなに威力のある者など初めてだ。さらに、札を使わずに祓おうとしてきて、掠っただけなのにその後しばらく腕が上がらないほどのダメージを受けた。

（あれが噂に聞いたことがある神だろうか）

あやかしの一部は神になることがあり、神になったあやかしはとても強いので近づく前に逃げろ。何年も前に自分にそう教えてきた邪鬼がいったい今どうなっているのか、村上は知らない。

さらに思い返すと、あのとき見た女も陽茉莉に似ていた気がする。

（しかし、普段の彼女からは神力を感じないが……）

そこまで考えて、ハッとする。もしかすると女はなんらかの邪鬼除けの加護を受けており、触れた自分がダメージを受けたのはそのせいではないだろうか。

そう考えると、今までのことがすべてすっきりとする。

「とすると、彼女が身籠もっているのは神の子、というわけかな？　ホシイですね」

胎児や赤ん坊は邪鬼たちにとって最もなじみやすい相手。ましてや、神の子など今まで一度も巡り会ったことはない。

「やっぱり、欲しいものは自分で取りに行かないと」

村上はひとり、口の端を上げる。

この体の持ち主は修行をしたことがないにもかかわらず、生まれながらにして祓除師としての才能があるようだ。幸か不幸か、これまで何度も目にしてきた札の紋様は記憶している。この能力は、存分に利用しないと。

そのとき、頭の中に直接話しかけるような耳障りな声がした。

（ふざけるなっ！　さっさと出ていけ、この○○）

口にするのは気が引けるような、汚い罵《ののし》りの言葉だ。

村上は小指で耳をほじり、息を吐く。

「やれやれ。耳障りですね」

この体は特殊な能力があるだけでなくとても神力が強く、当分壊れそうにない。

最高の体を手に入れたと思っていたけれど、実際に使い始めるとあまり居心地がよくない。もとの体の持ち主である村上の魂が思った以上に強く、自分を追い出そうとしてしょっちゅう罵り声をあげてくるのだ。

——やっぱり、別の体が必要だ。

◇◇◇

木曜日。定例打ち合わせはいつもと同じような雰囲気で無事に終了したのだけれど、なんとなく気まずい。

(これは一体?)

陽茉莉は妙な居心地の悪さを感じ、左右を見る。

陽茉莉が戸惑っているのにはわけがある。席の並び順がおかしいのだ。いつもだったら上座から偉い人が座っていき、陽茉莉の定位置は一番下座だ。しかし、今日に限ってなぜか相澤と高塔の間に挟まれた。しかも、懇親会会場に行く道すがらもなぜか両側をふたりにがっちりとガードされている。

（ふたりとも、どうしたんだろう？）

なぜこんなに自分がふたりから守られるようになっているのかがわからない。

懇親会会場に着いても、やっぱり陽茉莉の左右は相澤と高塔だった。

「新山さん、そういえばホラー映画好きだったよね。僕、すごくおもしろいの見つけたんだよ」

正面に座る霧島コーポレーションの尾崎がとっておきの話と言って持ってきたのは、よりによって苦手なホラー映画の情報だった。初対面の日に陽茉莉が村上の霊感について根掘り葉掘り聞いたせいで、尾崎からもホラー好きだと勘違いされてしまったようだ。

「へぇ、それは怖そうですね」

陽茉莉の代わりに相澤が相槌を打つ。

これに関しては、相澤が横にいてくれて助かった。

（そういえば、村上さんは……）

陽茉莉は部屋の中を見回す。

（え？）

ドキッとした。部屋の隅に座っていた村上は、まっすぐに陽茉莉を見ている。

（なんでこっち見ているんだろう？）

自分の背後を見ているのかな、なんて思ったりして後ろを振り返る。真っ白な壁しかなかった。

「陽茉莉、どうかした？」

陽茉莉のおかしな行動に気付いた相澤が、心配そうに顔を覗き込んでくる。

「あ、なんでもありません」

陽茉莉は笑ってその場をごまかしたのだった。

◆◆ 2

天界から詩乃が来る日は、大抵邪鬼についてのよくない情報を持ってくる。

その日、陽茉莉たちはいつものように八幡神社の裏手にあるカフェで詩乃から邪鬼退治の指示を受けていた。

「ここ数日、神保町《じんぼうちょう》の付近で大量の邪鬼が現れているようじゃ。どれも大した強さではないが、数が多いので一掃したほうがよいじゃろう」

「大量？　そんなに多いのか？」

「少なくとも数十はいると」

「へえ。なんでそんなに急に現れだしたんだ?」

詩乃の話を聞いた相澤は、解せないと言いたげに眉根を寄せる。

「それはわからぬ。なにかに引き寄せられるように増えておる」

「なにかに引き寄せられる……」

相澤は腕を組んで独りごちる。

「まっ、難しく考えずにとりあえず行ってみようか。邪鬼が引き寄せられる理由なんて、三つしかない。神力の強い人間がいる、囮罠札が仕掛けられている、もしくは強力な邪鬼が仲間を呼んでいる。このどれかだ。行けばわかるだろ」

あっけらかんとそう言ったのは、陽茉莉の正面に座る高塔だ。

「お前なあ」

相澤は呆れたようになにかを言いかけたが、はあっと息を吐いて口を噤む。

「そういえば詩乃。村上さんの件はどうなった?」

相澤が思い出したように、詩乃に尋ねる。神力が強い村上のことを祓除師としてスカウトするつもりだと聞いていたので、進捗があったか気になったのだ。

「それが、ここ最近邪鬼に襲われていないようで、機会を逸しておる」

「そうなのか? 邪鬼に襲われないこと自体はいいことなんだが、祓除師に誘うタイミングとしては残念だな」

相澤は残念そうに肩を竦める。

「どういうことですか？」

陽茉莉はよくわからず、首を傾げた。

「突然『あなたは神力が強いから祓除師になりませんか？』と言われても、普通の人間は警戒するだろ？　だから、祓除師のスカウトはその人が襲われたタイミングで助けに入って、信頼を得たところで行うのが一般的なんだ」

相澤は陽茉莉に説明する。

「なるほど！」

陽茉莉は納得して声をあげた。

確かに、突然知らない人から声をかけられてそんなことを言われたら絶対に変な人だと警戒する。しつこくしたら、最悪警察に通報されるかもしれない。

けれど、邪鬼に襲われるという非現実的な状況下だったら信じてしまう。

現に、陽茉莉も相澤に助けられたあの日、相澤に自分は邪鬼を祓う裏の顔があると打ち明けられて、契約夫婦になることを決めていた。

「じゃあ、あんまりいいことではないですが、今は村上さんが邪鬼に襲われるのを待っているんですね？」

「そういうこと」

相澤が頷く。

「さてと。詳細はわからないが、俺たちは問題の神保町に行ってみるか」

話が終わったタイミングで高塔が立ち上がる。

「そうですね」

陽茉莉も一緒に立ち上がろうとする。すると、相澤に止められた。

「陽茉莉はここに残っていて。危ないから」

「え？　でも、小物の邪鬼しかいないって言っていたし、私も手伝えます」

「小物の邪鬼なら、俺と一馬が行けば十分だ。陽茉莉には安全な場所にいてほしい」

真摯な瞳で見つめられて、それ以上はなにも言えなくなってしまった。

（礼也さんに心配かけないようにしたほうがいいよね）

陽茉莉はぎゅっと手を握りしめると、努めて明るい表情を作った。

「わかった！　じゃあ、悠翔君と一緒に待っているね」

相澤はその表情を見て、ほっとしたような顔をする。

「ありがとう。できるだけ早く戻ってくる」

「うん」

陽茉莉が頷くと、相澤は陽茉莉の隣にいる悠翔へと視線を移動させた。

「悠翔、陽茉莉をよろしくな」

「うん、任せて。僕、もうすぐお兄ちゃんだし」

悠翔は胸を張って答える。

相澤は目元を優しく細める。

「じゃあ、行ってくる」

「はい、行ってらっしゃい」

陽茉莉は悠翔と手をつなぎ、相澤と高塔の後ろ姿を見送った。

◇◇◇

地下鉄半蔵門線《はんぞうもんせん》の神保町駅で電車を降り、地上へ出る。初めて降り立つ神保町駅は、想像以上に都心のオフィス街の色合いが濃い街だった。

「こんなところに、大量の邪鬼が？」

相澤はやっぱり解せないと思い、周囲を見渡す。

駅の出入口は大通りに面しており、片側二車線の車通りの多い道路だった。正面の大通りと交差する道路も交通量は多そうに見える。

背後を振り返ると大きなビルが建っており、相澤でも知っている大手出版社の名前が書かれていた。昔、神保町は出版社の町だと聞いたことがあったことを思い出す。

「一馬。病院があるわけでも、墓があるわけでもないのに妙だと思わないか？　繁華街ってわけでもないし」

相澤は隣にいる高塔に話しかける。

邪鬼とは、この世に未練が残って悪霊化した死者の魂だ。どこに現れるという決まりはないが、病院や墓地の周辺から発生しやすいという傾向はある。彼らは自分の理想の体を求め、徐々に人が多い繁華街へと移動していく。

「そうだな。この街を見る限り、自然発生ってことはなさそうだ」

高塔は相澤に同意するように頷くと、「まずは一周してみよう」と相澤を誘った。

大通りから少し裏道に逸れると途端に人通りがなくなり寂しくなるのは、どこの街でも同じだ。

相澤と高塔はビルの裏道を歩き、邪鬼の気配を探る。

夜のオフィス街。ビルにはまだ電気が灯っているが、裏通りは人ひとりおらず閑散としていた。

「いないな？」

一馬が不思議そうに呟く。それは、相澤も感じていたことだった。数えきれないほどの邪鬼がいると聞いていたのに、数体どころか一体も見かけない。

「駅の向こう側なのか？」

詩乃が持ってきた情報なのだから、間違っているということはないはずだ。相澤と高塔は、駅の反対側を探してみることにした。

「いるか？」

「見える範囲にはいそうにないが」

高塔の問いかけに、相澤は短く答える。

精神を集中させて邪鬼の気配を探ってゆく。すると、微かに邪鬼の発する穢れの気配がした。

「あっちか？」

相澤のかけ声で、高塔も気配に気付いたようだ。ふたりは息を合わせたように、そちらに走る。

「いたぞ！」

先に走っていた高塔が、相澤に向かって叫ぶ。相澤も前方を確認した。

（なんだ、これ？）

それは異様な光景だった。裏路地に面した駐車場がびっしりと邪鬼に覆い尽くされている。

「あそこになにかあるのか？」

高塔はその車を見つめ、表情を険しくする。

「わからない」

相澤は首を小さく横に振る。

邪鬼が集まっているのは、一台の車のようだった。車内灯は点灯しておらず、中に誰かが乗っているかどうかはわからない。

「うーん。よくわからないけど、とりあえず退治しますか。この数は腕が鳴るね」

高塔は軽くそう言うと、馬のあやかしに姿を変える。艶やかな茶色い髪に黄色と焦げ茶色の袴姿、サラサラの毛並みの尻尾があるという出で立ちだ。

あやかし姿の高塔が手を振ると妖気による衝撃波が起き、「ギャッ」という悲鳴と共に一気に十体以上の邪鬼が倒れた。

「そうだな」

相澤も狼神へと姿を変える。煌めく銀髪に黒と灰色の袴姿の相澤が手を振ると、倒れた邪鬼がいっせいに祓われた。

(詩乃の言った通り、数は多いが力は弱いな)

相澤は次々と祓われて隠世へと旅立つ邪鬼たちを観察する。疑問なのは、なぜこれらの邪鬼がここにこんなに集まっていたのかだ。

だがそれも、すぐ明らかになるだろう。

「ギャー」

最後の一体の邪鬼が祓われると、辺りにはシーンと静寂が訪れた。

「全員始末したかな?」

高塔がパンパンと手を払いながら、辺りを見回す。

「そう思う」

相澤は答えながら、先ほど邪鬼が集まっていた車に近づいた。

(誰か乗っている?)

運転席に人影が見える。

(違う、人じゃない。人形か?)

もっとよく見ようと近づき、そこにあるはずのないものを見つけて息を呑んだ。

「なんでこんなものがここに?」

驚きで顔をこわばらせる相澤の横から、高塔も車内を覗き込む。

「これって、囮罠札じゃないか?」

祓除師が使う札の一種である囮罠札は、邪鬼をおびき寄せるための札だ。先ほどの邪鬼はこれにおびき寄せられていたのだということはわかったが、問題はなぜここにこんなものがあるのかということだった。

「どういうことだ?」

札を作れるのは、祓除師または神力を持った特殊なあやかしや神のみだ。そして、この辺りに祓除師は陽茉莉しかいない。

「陽茉莉が作るはずはない」

「そりゃそうだろうな」

断言した相澤に、高塔も同意する。

「問題は、誰がなんの目的でこんなところに囮罠札を仕掛けたかってことだ」

腕を組む高塔を見つめながら、相澤は目まぐるしく思考を回転させていた。

囮罠札を使う目的は、邪鬼をおびき寄せることだ。だが、囮罠札だけでは邪鬼を祓うことはできないし、あんなに集まるまで放置されていたところを見ると祓うことが目的ではなさそうに思えた。

（それなら、なにが目的だ？）

邪鬼が集まると、遅かれ早かれ詩乃から指令が来て祓除師が祓いにやってくる。

（祓除師をおびき出すことが目的？）

しかし、こうしてやってきた相澤たちがどうこうされることもなく、ほんの数分で祓う作業を終了した。

「俺たちが知らない祓除師がどこかにいるのか？」

高塔は眉根を寄せながら、独りごちる。

「いや、そんなやつはいるわけが――」

そこまで言いかけてハッとした。

(村上さんだ)

村上は祓いの手を持っている、生まれながらの祓除師だ。神力も強く、札に書かれている文字さえわかれば、特別な訓練をせずとも囮罠札だって作れるはずだ。

(だが、そうだとしてもどうして札の文字を知っている?)

先日村上に触れた際に感じた強い不快感を思い出し、背筋に冷たいものが伝う。同時に、八幡神社に置いてきた陽茉莉のことが急に心配になった。

「まさか、陽茉莉が目的か?」

「新山ちゃんが目的?」

もしも村上がすでに邪鬼に呑まれていたとしたら、その邪鬼が札の文字を見たことがあっても不思議ではない。そして、より強い体を求めているとしたら、狼神である自分の子どもを身籠もっている陽茉莉は絶好の獲物だ。

相澤の呟きを拾った高塔は怪訝な表情をしたが、すぐに相澤の考えていることを理解したようで大きく目を見開いた。

「まずいぞ。礼也、戻ろう」

「わかっている!」

高塔に言われる前に、走り出していた。

狼神の姿を人に見られるのはよくないが、そんなことに構っている余裕もなかった。

「礼也、乗れっ！」

いつの間にか完全に馬の姿になった高塔に声をかけられる。焦げ茶色の美しい毛並みの馬だ。高塔のこの姿を見るのは、本当に久しぶりな気がする。

「助かる」

相澤は高塔の背中に飛び乗る。

高塔はただの馬ではない。たちまち天に昇ると、風の如く一気に駆け出す。

ほんの数キロの距離が、永遠のように遠く感じられた。

◆◆

3

相澤が高塔と邪鬼退治をしていたそのとき、陽茉莉はまだカフェ『茶の間』にいた。

詩乃はすでに天界へ戻ったので、悠翔とふたりきりだ。

ドリンク一杯で居座るのも気が引けて、悠翔おすすめのスイーツ——抹茶《まっちゃ》あんみつをオーダーする。

「んー、美味しい！」

口に広がるあんこの甘さと抹茶の苦みの絶妙なハーモニー。さらに、トッピングされた白玉団子がもっちもちだ。

(久しぶりに食べるスイーツは美味しいなあ)

陽茉莉は目の前の抹茶あんみつの美味しさに、感動する。

妊娠中に甘いものを食べすぎるのはよくないとお医者さんに指導されたので、実はずっと我慢していたのだ。その分、いつにも増して美味しく感じる。

「ごちそう様!」

あっという間に食べ終えて、陽茉莉は自分の胸の前で手を合わせる。

「ごちそう様ー」

悠翔もぱちんと手を合わせて、ぺこりとお辞儀をする。

(ふふっ、可愛いー!)

実は陽茉莉は悠翔のこの仕草が大好きだ。顔の前で手を合わせる姿がたまらなく可愛い。

「お姉ちゃん、今何時?」

「ん? 八時十五分かな」

陽茉莉はスマホを取り出して、時間を確認する。ホーム画面に大きくPM8:15と表示されている。

「お兄ちゃん、そろそろやっつけ終わったかな」

「そうだね。きっともうやっつけ終わったよ」

陽茉莉はにこりと微笑んで頷く。

相澤と高塔がこの店を出たのが七時半頃だった。電車での移動は三十分もかからないはずだから、すんなりと見つけているならそろそろ祓い終えた頃だろう。

「じゃあ、待っている間、お星様を見ていてもいい？」

「いいよ。外に出ようか」

ドリンクも飲み干しスイーツも食べ終わっていたので、これ以上店に居座るならもう一杯注文するべきかと悩んでいた。悠翔が外に出たいというのはちょうどいいタイミングに感じた。

レジで会計を済ませている間に、悠翔は先に外に出てしまっていた。陽茉莉は慌てて追いかける。

「お姉ちゃん。今日は満月だね」

悠翔にそう言われて空を見上げる。黒い空に、丸い月が浮かんでいるのが見えた。

「本当だね。満月ならお兄ちゃんますます強くなるから、あっという間に帰ってくるね」

「うん。今頃帰ってきている途中だよ、きっと」

悠翔ははにかみながらも、頷く。

「お姉ちゃん、あの星はなんて名前？」

「どれ？」

「あっちで光っているやつ」

悠翔はまっすぐに空を指さす。そちらを見ると、確かに明るく光っている星が見える。しかし、残念ながら陽茉莉は星に詳しくないのでなんの星かはわからなかった。

「調べればわかるかな？」

陽茉莉はスマホを取り出して、星を調べるアプリがないかを検索する。画面に集中していると、ざくっと神社の敷石を踏む音が近くでした。

陽茉莉は顔を上げ、そこにいる人を見て驚いた。

「あれ？　村上さん？　村上さんじゃないですか？」

そこには、村上の姿があった。いつものようにきっちりとスーツを着込んでいて、片手には鞄を持っている。そして、こちらを見つめていた。

「なんでこんなところに？　もしかして、村上さんも裏手にあるカフェのファンですか？」

こんな時間に用事もなしに神社に来るとは考えにくい。となると、神社に用事があったのではなく、通り抜けようとしていただけと考えるのが自然だ。

八幡神社の裏手にあるカフェ『茶の間』はわかりにくい場所にあるにもかかわらず、いつもお客さんがたくさんいる。時間帯によっては行列ができるような隠れ家的人気店なのだ。

陽茉莉が笑顔で村上に近づこうとしたそのとき、「お姉ちゃん！」と叫ぶ声がした。

「そいつに近づいちゃだめ！」

「え？」

振り向いた瞬間、白っぽいものが近づいてきて横に突き飛ばされた。

「きゃっ！」

受け身を取っていなかった陽茉莉はその衝撃でよろめき、地面に倒れる。驚いて振り返ると、オオカミ姿の悠翔が陽茉莉を守るように村上に向かって立ち塞がっていた。

「ウウウ……」

低い唸り声がして、悠翔の全身の毛が逆立っていた。威嚇《いかく》している相手は、村上だ。

「悠翔君、どうしたの？」

陽茉莉は動揺した。人前で悠翔がオオカミ姿に変身したことは初めてだったし、ましてやこんな風に威嚇するのも初めてだ。

一方の村上は、まったく動じる様子がなく、ゆっくりと近づいてくる。

「ガウウウ」

雄叫びと共に悠翔が村上に飛びかかった。

腕に噛みついたようで、村上が噛みつかれた腕を激しく振る。振り回された悠翔はしばらく食いついていたが、やがて耐えきれずに体ごと吹き飛ばされた。

境内に生える杉の木に勢いよく叩きつけられた悠翔が「ギャン」と悲鳴をあげる。

「悠翔君！」

陽茉莉は両手で口を押さえて叫ぶ。

なぜこんなことになっているのか、理解ができなかった。

助けようと杉の木へと駆け寄ると、パシンとなにかがぶつかる衝撃。恐る恐る自分の体を見て、腕にくっついていたものに目を見開いた。

「これ……無効札？」

（なんでこんなものが自分に？　一体誰が？）

そう考えて、これを投げつけることができる人物はひとりしかいないことに気付く。

（村上さん？）

これを陽茉莉に投げつけたのは、間違いなく村上だ。

なぜなら、シーンと静まりかえった神社の境内には陽茉莉と倒れた悠翔、そして村上の三人しかいないのだから。

「近づかないで！」

即座に身構えた陽茉莉は、村上に向かって叫ぶ。そのとき、「ケケケ」と嫌な声がした。

（邪鬼？　こんなタイミングで！）

ハッとしてその声のほうを見ると、今度は反対側からも「イイナ、ホシイナ」と声が聞こえてきた。しかもそれは一体ではなく、複数いる。

（なんでこんなに急に？）

そしてハッとする。

「もしかして、これのせい？」

先ほど村上に貼られた無効札のせいで、相澤にもらったお守りの効力が打ち消されているのだ。

周囲に蠢く邪鬼が陽茉莉のほうに近づいてくる。

（祓除札を……）

すっかり油断していて、すぐに出せる状態になっていなかった。

邪鬼に触れられそうになった瞬間、バシンと衝撃が走り、陽茉莉に触れた邪鬼が悲鳴をあげる。

「へえ。無効札一枚じゃやっぱり抑えきれないんですね。あなたの持っている札を作ったのはあの神ですか？　そっちの子から判断するに、予想通り狼神かな？」

「なんであなたがそんなこと……」

聞きながら、体が震えてくるのを感じた。

村上の手がこちらに伸びる。パシンと二枚目の無効札が陽茉莉の体に張りつく。それと同時に、右手の手首を掴まれた。

触れられた部分から、ずしりと重くなるような嫌な感覚が広がる。

「離して！」

陽茉莉が叫ぶのとほぼ同時に「陽茉莉様！」と声がした。手首を掴まれている感覚がなくなり、陽茉莉と村上の間に立ち塞がるように現れたのは香代だった。

「このお方に触れてはなりません。大人しく隠世に行くのです」

香代が手を伸ばすと、村上の体は後ろへとよろめく。

村上は突然現れた袴姿の少女に驚いたように瞠目した。しかし、すぐに平静を取り戻し、くすっと笑う。

「さすが、神の子を身籠もると護衛も多い」

ゾクッと背筋が凍りつく。目の前にいるのは村上なのに、陽茉莉の知っている村上ではないとはっきりとわかった。

先ほど詩乃はまだ村上を祓除師としてスカウトできていないと言っていた。それなのに、目の前の村上は札を使いこなしている。さらに、狼神様や祓除師のことも知っていそうに見えた。

（どういうこと？）

震えそうになる体を両腕で抱きしめる。

「陽茉莉様。この者はすでに邪鬼に完全に呑まれております。強制的に祓いましょう」

香代が叫ぶ。

（完全に呑まれている？　強制的に祓う？）

陽茉莉は以前、相澤から聞いたことを思い出す。完全に呑まれた人間から邪鬼だけを祓うことは不可能だったはずだ。邪鬼を体から追い出すためには、呑まれた本人が自力で追い出すか、邪鬼自身が出ていくしかない。

もしも呑まれた状態のまま強制的に祓えば、呑まれた体のもとの持ち主に待っているのは〝死〟のみだ。

「……できないよ」

陽茉莉は震えながら首を横に振る。

祓除札はある。けれど、これを投げつければなんの罪もない村上が死んでしまう。それがわかっているのに強制的に祓うことなどできなかった。

「陽茉莉様！」

香代が叫ぶ。陽茉莉に向かってこようとする村上と対峙しているが、力関係は村上のほうが上のようだ。香代の体が地面に叩きつけられ、ザザッと音がした。

(どうすればいいの……)

今ここで戦えるのは陽茉莉しかいない。

陽茉莉は札を入れている鞄に触れる。今日はどんな札を何枚持っていただろうか。詩乃と会うと聞いていたから、一通りは用意したはずだ。

村上から距離を取ろうと後ずさる。すると、足首に嫌な感触がした。

「ツカマエタ」

「ひっ!」

いつの間にか足下には別の邪鬼がいた。穴のような目でこちらを見上げ、かろうじて口だとわかる部分は嬉しそうに弧を描いている。

陽茉莉はとっさに祓除札を投げる。

「キャア」

悲鳴と共に、邪鬼はかき消えた。

(これ、まずいんじゃ……)

陽茉莉は自分が思った以上に危機的な状況だと気付いた。村上の相手をしている以前に、相澤からもらったお守りが無効化され、次から次に邪鬼が自分に引き寄せられているのだ。

（剥がさないと）

自分に貼りついた無効札を剥がそうとするが、剥がれない。祓除師の札は邪鬼が自分で剥がせないように、貼られた者には剥がせないようになっているのだ。

「掴まえた」

村上の手が伸び、陽茉莉の肩に触れる。いつものように、とびきり爽やかな笑顔を向けられた。

「ひっ！」

（礼也さん！）

心の中で、ここにはいない相澤に助けを求める。

と、そのとき、上空がふたつに割れるように光り、そこから美しい馬が現れた。陽茉莉は驚いて、空を見上げる。驚いたのは村上も一緒だったようで、そちらを見つめている。

「陽茉莉！」

焦ったような声がして、体がふわりと浮いた。ぎゅっと抱きしめられる感覚と共に、先ほどまでの不快感がなくなる。

「俺の花嫁になにしてやがる」

いつも落ち着いた相澤から発せられたとは思えない怒りに満ちた声。それは、今までどんな強力な邪鬼と対峙したときにも聞いたことがないほどに低く、怒気がこもっていた。

「おやおや、思った以上に早かったな。これは困った」

村上は狼神様の姿になった相澤の姿を認め、いかにも困ったように肩を竦めて両手を上げる。

「とてもよい器を見つけたので、引っ越ししようと思ってね」

にこりと微笑む村上の態度は、かえって相澤の怒りを買ったようだ。

「ふざけるなっ！」

激しい怒声と共に、相澤が片手を振る。すると突風が巻き起こり、村上の体が吹き飛ばされた。ザザッという音と共に、村上が倒れる。

「今すぐ祓ってやる」

相澤がそう言ってさらに手を伸ばそうとしたとき、のそのそと起き上がった村上は楽しげに笑った。

「いいの？　祓えば、私は死ぬよ？」

口元から垂れた真っ赤な血が、異様に恐ろしい。陽茉莉はその光景を見て、心の底から怒りを感じた。

（村上さんの命を人質に取るなんて、ひどい……）

この邪鬼は強力であるだけでなく、頭が切れる。以前、相澤が狼神様になった際に戦った邪鬼もそうだった。邪鬼とは、強くなればなるほど知能も上がるようだ。

「構わない。俺にとって、陽茉莉以上に大事な存在なんてないんでね」

相澤は平然とした様子でそう言うと、邪鬼に手を伸ばしかける。その手を止めたのは、他でもない陽茉莉だった。

「礼也さん、だめ！」

邪鬼を祓うのと人が死ぬのではわけが違う。相澤にそんなことをさせるわけにはいかないと思った。

陽茉莉を見下ろす相澤が眉根を寄せる。

「陽茉莉。前にも言っただろう。完全に呑まれた人間から邪鬼だけを祓うことはできない」

それは確かに、以前聞いた。邪鬼に完全に呑まれてしまうと、外部から邪鬼だけを祓うことはできないと。呑まれた人を救うには、本人が自力で邪鬼を追い出すか、邪鬼が自ら出ていくかの二通りしかしない。

（村上さんが自力で追い出すのは無理だよね）

もし自力で追い出せるなら、とっくのとうに追い出しているはずだ。となると、残る方法は〝邪鬼に自ら出ていってもらう〟しかない。

（どうすればいいの？）

出ていってくださいと伝えて出ていくようなら苦労はしない。

陽茉莉の体が大きく揺れる。相澤が陽茉莉を片腕で抱きかかえたまま村上と戦っているからだ。

「陽茉莉が悲しむから、今は祓わない。だが、弱らせる」

相澤はそう言うと、一気に村上に攻撃を仕掛ける。さらに高塔も加わったことで、村上の体が再び地面に倒れた。

よろよろと起き上がった村上の頬には、血が滲んでいた。

「礼也。これ、祓わずにどうするんだ？」

「仕方がないから、閉じ込めて天界にでも置いておくか」

「まじで言っているのか？　こっちで行方不明になったって大騒ぎになるぞ」

「それ以外に方法がない」

戦いながら、高塔と相澤が話し合っているのが聞こえた。

（天界に連れていく？　あ、そうだ！）

その瞬間、閃《ひらめ》いた。

天界に行けるのは、天界にゆかりのあるあやかしと神だけ。

村上が天界に行くには、天界にゆかりのあるあやかしか神が手を触れている必要がある。もしも手を離せば、狭間に落ちて二度と戻ってくることはできない。

だからこそ、これを利用しない手はないと思った。

天界へのしめ縄の輪をくぐる瞬間、村上の手を離す。そうすれば、狭間に落ちることを嫌った邪鬼は自ら外に出てくるのではないだろうか？

「礼也さん。お願い、下ろして」

陽茉莉はばんばんと相澤の胸を叩く。相澤は戸惑ったような顔をしたが、陽茉莉を悠翔がうずくまっている杉の木の下に下ろしてくれた。

陽茉莉はすぐさま、倒れている悠翔と香代に回復札を貼る。そして、ふたりが回復すると「ふたりとも、協力して」と言い、自分の考えを悠翔と香代に話した。

◆◆

4

村上が完全に邪鬼に呑まれるとは、想定外だった。

体調を崩した村上に触れた際、そんな気はしたが、杞憂であればいいと思っていた。

それだけに、ショックが隠せない。

邪鬼に呑まれると、邪鬼は徐々にその体の魂を自分のものに置き換える。

神力の弱い人間はその変化に耐えられず、すぐに命を落とす。だが、村上はもともととの神力が強い上に祓いの手を持つ天然の祓除師だ。邪鬼は魂を乗っ取ってからも平然とした様子で日常生活を送っており、端からはまったくわからなかった。

この邪鬼が陽茉莉とお腹の中の子どもの体を狙っていると知ったとき、頭に血が上った。

誰よりも大切な宝物。陽茉莉は相澤にとって、命よりも大切な存在だ。

陽茉莉を脅かす存在は誰であっても許さない。そう思ってとどめを刺しにかかったとき、相澤を止めたのは他でもない陽茉莉だった。

「礼也さん、だめ」

陽茉莉にそう言われ、ハッとして思いとどまる。

縋るような目で相澤を見上げる陽茉莉は、今にも泣きそうな顔をしていた。

それでやっと、頭が少し冷えてくる。ここで感情のままに邪鬼を祓えば、村上が死ぬのだ。

(だがしかし、どうする?)

たとえ狼神であっても、完全に呑まれた人間から邪鬼だけを引き剥がすことなどできない。できないからこそ、母である琴子は死んだのだ。

「礼也さん。お願い、下ろして」

陽茉莉のか細い声に、再び我に返る。

心配で抱きかかえていたが、妊娠中の体につらいことをさせてしまった。

相澤は陽茉莉を杉の木の下に下ろし、邪鬼が手出しできないように周囲に結界を張った。

（よし、これで大丈夫）

そう思って村上と向き合ったとき、予想外のことが起きた。

「こっちよ！」

今さっき安全な場所に置いたはずの陽茉莉が、自分から結界の外に出て村上を挑発する。

驚きのあまり、息が止まるかと思った。

村上が陽茉莉めがけて走り出すのが見えた。

「陽茉莉、危ない！」

相澤はとっさに叫ぶ。

（くそっ、間に合わない）

一目散に走る陽茉莉の背中に村上の手が触れたとき、どこから現れたのか白いオオカミ姿の悠翔が飛び出してきて、村上のズボンに噛みついた。

「陽茉莉様！」

次いで、香代が陽茉莉の体を抱き上げる。

村上に噛みついていた悠翔が離れたその瞬間、村上の足下に大きな穴が広がるのが見えた。

（そうかっ！）

陽茉莉がいる場所は、天界へとつながるしめ縄の輪の上だった。お腹に相澤の子を宿している陽茉莉は今、天界へ行くことができる。だが、村上は違う。手を離せば、狭間へと落ちる。

村上は自力でよじ登ろうとしていたが、それは無理だ。徐々に沈み込む体に、焦りの色が見える。

「くそっ」

そしてついに、村上の体から邪鬼が飛び出してくるのが見えた。

「礼也さん！」

陽茉莉が叫ぶ。

「任せろ」

陽茉莉のかけ声よりも先に、相澤は攻撃の準備をしていた。相手は滅多に見ないレベルの邪鬼だ。精神を統一して、祓う。

「ウギャアアアア」

耳をつんざくような声がした。

最大限に祓いの力を発揮したせいで、周囲に集まっていた邪鬼たちもいっせいに隠世へと送られていく。

そして、辺りにはシーンとした静寂が訪れた。

「陽茉莉！」

相澤はすぐに陽茉莉のもとに駆け寄り、その体をぎゅっと抱きしめる。地面にへたり込んでいたが、幸いにして大きな怪我はなさそうに見えた。

「なんて無茶をするんだ」

「礼也さんなら、なんとかしてくれるって信じていました」

陽茉莉は相澤の背中にそっと手を回してきた。陽茉莉が無事だったことに、心の底からほっとする。

「うう……」

すっかり陽茉莉しか見えていなかったが、すぐ近くで呻《うめ》き声がしてハッとした。声のほうを見ると、狭間に落ちたはずの村上がそこにいた。

驚いて村上の体をよくよく見ると、一枚の札が貼られている。

「これは……、結繋札？」

「はい！」

陽茉莉は笑顔で頷く。

結繋札は貼られた対象者が術者からはぐれないように、強固な綱で結びつけるための札だ。村上はこれを貼られていたおかげで、狭間に落ちずに済んだ。

「陽茉莉、すごいじゃないか」

「えへへ、頑張りました」

陽茉莉はちょっと照れくさそうに笑う。

(本当に無事でよかった)

ほっと息を吐いたのも束の間、陽茉莉が「うっ」と声を漏らしてお腹を両手で押さえる。

「陽茉莉、どうした?」

その瞬間、急激に血の気が引くのを感じた。もしかして、今の無理がたたってお腹の子どもになにかがあったのでは?

一方の陽茉莉は呆然とした顔で相澤を見上げる。

「礼也さん。今、動きました」

「は?」

「だから、赤ちゃんが動きました!」

陽茉莉は興奮気味に捲し立てる。その表情は、暗闇の中でも興奮で紅潮しているのがわかった。

どっと緊張感が抜ける。

「きっと、陽茉莉が頑張ったから赤ちゃんも労《いたわ》ってくれているんだな」

「そうなのかな？」

陽茉莉は嬉しそうにはにかみ、自分のお腹を慈しむように撫でる。その姿に、愛しさが込み上げる。

陽茉莉は誰よりも勇敢で優秀な祓除師だ。そして、世界一可愛くて、愛らしくて、自慢の花嫁だと思った。

◆◆

5

霧島コーポレーションとの定例会議がある木曜日。

会議終了後の懇親会で、村上は格好のいじられ役になっていた。

「いやー、本当に不思議なんですよね。落ちた記憶はおろか、なんであそこにいたのかもまるで記憶がなくって」

眉根を寄せるのは村上その人だ。

「本当に不思議ですよね。村上さんは、今日はお酒なしですね」

以前は〝一杯まで〟とされていた飲酒制限が、安西さんによって〝ゼロ〟に修正される。

「ええ、そんな」

村上は情けない声を出した。

「ま、体だけは丈夫で安心したよ」

霧島コーポレーションの尾崎が軽く村上の肩を叩く。参ったと言いたげに頭をかく村上の姿に、その場で笑いが漏れた。

村上がいじられていた理由、それは、先週起こったあるハプニングが原因だった。勤務終了後、村上がひとり酒をして酔っ払い、神社の階段から転がり落ちて怪我をして救急車で運ばれたというものだ。

真相は階段から落ちたのではなく相澤からボコボコにされたので、村上に非はない。しかしそれを言うわけにはいかないので、かなり良心が痛むけれどここは知らないふりをしてやり過ごすしかない。

ウーロン茶を手にした村上が陽茉莉の前に座る。

「新山さん、ノンアル同士よろしくお願いします」

「はい。どうぞよろしくお願いいたします」

陽茉莉もジンジャエール片手ににこりと微笑み返す。

「新山さんのお腹、だいぶふっくらしてきましたね。楽しみですね」

村上は陽茉莉の腹部に目を向けると目を細める。

「はい。最近お腹の中でぽこぽこ赤ちゃんが蹴っ飛ばすのがわかるようになりました」

「へえ、すごいですね」

村上はぱっと表情を明るくする。その様子を見て、陽茉莉はほっとした。

（よかった。村上さん、ちゃんと元通りになってる）

ほっと息を吐いたのも束の間。だいぶ酔いが回った尾崎が爆弾を落とした。

「新山さん、知ってる？　こいつ、新山さんが既婚って知ってすごい落ち込んでいたんだよ」

「え？」

「ちょっと、尾崎さん。やめてくださいよ」

動揺する陽茉莉の前で、村上が慌てて尾崎の口を塞ごうとする。

「隠すなよ。初顔合わせの後、『俺の霊感体質を理解してくれるなんて、運命かもしれない』って言っていただろ」

「へえ、そうなんですか」

横から低い声が聞こえた。

隣をうかがい見ると、相澤が穏やかな笑みを浮かべてこちらを見ている。けれど、その目がまったく笑っていない。

「申し訳ありませんが、陽茉莉は俺の可愛い妻なので」

俺の、の部分が異様に強調された。

村上に見せつけるように、相澤が陽茉莉の肩を抱く。

「村上、惜しかったな。もう少し早くプロジェクトが開始していたら――」

酔っ払いはたちが悪い。話を終わらせたがっている村上と陽茉莉の気持ちを無視するかのように、尾崎がさらに地雷を踏み抜く。

「惜しくありませんよ。陽茉莉と俺が結ばれることは、出会った瞬間から決まっていましたから」

「え？」

さらりと発せられた最大級の惚気に一堂唖然とする。

「うわ、大人げな……」

高塔が呆れたように呟く。

「うわあ。こりゃ参ったな」

尾崎が格好のいじりネタを見つけたとばかりに、嬉々とした声をあげる。

当然ながら、陽茉莉はこの後、さんざんこのことでからかわれる羽目になった。

第六章　狼神様と幸せ家族

◆◆ 1

壊れてしまいそうなほどに小さな手にそっと触れると、軽く握り返してきた。

「か、可愛い……」

陽茉莉はその愛らしさに、思わず相好を崩す。

眠っているのにこの反応、反則すぎる。可愛すぎる！

「礼也さん、可愛いよ」

陽茉莉はこの感動を分かち合いたくて、相澤に同意を求める。

「そうだな。なにせ、嫁が可愛いからな。俺と陽茉莉の子どもが可愛いのは当然だ」

大真面目な顔で答える相澤に思わず笑ってしまう。これは相当の親馬鹿になりそうな香りがぷんぷんする。

三日前、急に産気づいた陽茉莉はかかりつけの病院へと向かい、そのまま出産した。元気な男の子だった。

相澤はそれはそれは大喜びして、毎日のように面会に来ている。

今は、この子の名前をどうするかが夫婦最大の関心事となっている。

日当たりのよい明るい病室に、太陽の光が差し込む。少し眩しそうな仕草をした赤ん坊に気付き、相澤が立ち上がる。

「レースカーテン、閉めておくよ」

「はい。ありがとうございます」

窓際に立った相澤が、なにかに気付いたように「あ」と声をあげる。

「どうしたんですか？」

陽茉莉は不思議に思い、相澤に尋ねる。

「うるさいやつが来た」

「うるさいやつ？」

はて、うるさいやつとは一体？

そんな陽茉莉の疑問は、数分後に解決した。

大きな手提げの紙袋を持って現れたのは、霧島コーポレーションの村上だ。

「相澤さん！　ご出産おめでとうございます！」

にこにことした、人当たりのよい爽やかな笑顔は相変わらずだ。

村上はすぐにベビーラックにいる赤ん坊に気付いて、じっと赤ん坊を眺める。

「うわー、可愛いですね。将来イケメンになりそうだ」

目を細めて嬉しそうにする姿から、もともと子どもが好きな人なのかもしれないと感じた。

村上は紙袋から白いリボンのかかったギフトボックスを取り出し、相澤と陽茉莉に差し出す。

「これ、つまらないものですがお祝いです。赤ちゃん用の洋服なんですけど」

「わー、ありがとうございます」

陽茉莉は喜んで受け取る。

早速開けてみると、有名子供服メーカーの可愛らしいベビー服とラトルが入っていた。

「可愛いです！」

「気に入ってもらえてよかった」

「はい。とっても気に入りました。……村上さん、その後は順調ですか？」

陽茉莉はベビー服を箱ごと相澤に手渡すと、おずおずと尋ねる。村上はにかっと歯を見せて笑う。

「すごく順調ですよ。いやー、本当にびっくりですよ、自分にあんな不思議な能力があるなんて。守護札を持つようになってから、これまで毎日のように悩まされていた邪鬼もぱったりと姿を消してくれて」

村上は饒舌に語りだす。

あの事件の後、邪鬼が出ていった村上はすぐに以前のように邪鬼に狙われるようになった。そのピンチを助けて祓除師にならないかとスカウトしたのは、香代だ。

今、村上は香代から指導を受けて、祓除師としての修行をしている。

「かなり優秀だと香代から聞きましたよ。あっという間にすべての札を使いこなせるようになったって」

「だって、男なのに女の子に守ってもらうなんて格好悪いじゃないですか」

相澤が褒めると、村上は気恥ずかしそうに頬をかく。

「香代ちゃん、俺が『変な声が聞こえる』とか『不思議な影が見える』って言ったら、全部肯定してくれて『大変でしたね』って言ってくれたんです。あんなにいい子、なかなかいませんよ。香代ちゃんは僕が守ってあげないと」

村上はそこまで言うと、香代のことを思い浮かべたのか表情を綻ばせる。

（……ん？）

香代はオオカミのあやかしなので、邪鬼の存在に対して肯定的なのは当然だ。

というか、これは――。

（村上さん、実はものすごく惚れっぽい……？）

思い返せば、陽茉莉のことを気に入った理由も〝霊感体質を笑わずに耳を傾けてくれたから〟だった気がする。おそらく、そこが村上が異性に惹かれる重要なポイントなのだろう。

そのとき、ベビーラックにいた赤ん坊が「ふぎゃあ」と声をあげる。陽茉莉は慌ててオムツを確認したが濡れていない。となると、おっぱいの時間だろう。

ちらりと視線をふたりに向けると、村上は敏感にそのことを察知したようだ。

「あんまり長居するのも申し訳ないので、お暇《いとま》しますね」

座っていた椅子から立ち上がり、ぺこりと頭を下げる。

「はい。今日はありがとうございました」

陽茉莉もお辞儀を返す。

「また近々」

相澤も軽く片手を上げた。

村上が帰った後、陽茉莉は慣れない授乳をする。

赤ん坊はごくごくと母乳を飲み、お腹がいっぱいになるとこてんと寝てしまった。

「ふふっ、可愛い」

陽茉莉はふにふにと赤ん坊の頬を指で押す。まったく動じずにすやすやと眠る顔は、お地蔵さんのようだ。

ふと窓の外へと目を向けると、病室から見える梅の木の枝には、小さな花が咲いているのが見えた。

「あ、礼也さん見て。梅が咲いているよ。桜ももうすぐかな？」

陽茉莉は外を眺めながら、のんびりと呟く。

「そうだな。満開になる頃には、四人で出かけられるんじゃないか？」

「たまには雅也さんも誘ってあげたらいいかも」

「じゃあ、五人だ。誘ったら、間違いなく来るな」

相澤と視線が絡み合い、どちらからともなくくすくすと笑い合う。

陽茉莉は赤ん坊の産着に貼られた守護札に視線を落とす。

陽茉莉の妊娠になどまったく興味がないのかと思いきや、雅也は出産翌日には赤ん坊の顔を見に来た。そして、自身で作った強力な守護札をこれでもかというくらい置いてゆき、必ず赤ん坊につけておくようにと言い残していった。

優しくて面倒見がいいくせに、本当に表現ベタな人だ。強くて格好いいところは相澤とそっくりだけれど、そこの部分だけは全然似ていない。

（この子はどんな子になるかな？）

誰に似ても、とっても素敵に育つ気がした。願わくば、自分のちょっと抜けていて要領が悪いところだけは似ないでほしい。

「お花見、楽しみですね」

「そうだな」

相澤は優しく微笑む。

（幸せだなあ）

窓の外では、梅の花が風に吹かれて微かに揺れている。

春はもうそこまで近づいていた。

〈了〉

あとがき

皆さん、こんにちは。三沢ケイです。

この度は『今宵、狼神様の契約花嫁が身籠りまして』をお手に取ってくださり、ありがとうございます！

本作は昨年スターツ出版文庫様より出版させていただいた『今宵、狼神様と契約夫婦になりまして』の続編にあたりますが、担当様と相談して前作を読んでいない方でも楽しめるように構成しました。

前作から引き続きの方はもちろんのこと、今作から読み始めた方も、お手に取ってくださった全ての方々に楽しんでいただけたら嬉しいです。


さて、本作品のテーマのひとつは「ご懐妊」です。

私自身も子どものいるワーキングママなのですが、作品を書くにあたって久しぶりに育児情報サイトなどを覗き「こんなこと気にしていたなー」などと思い出し、とても懐かしかったです。

エコーを眺めて感動したり、ベビーグッズをいつまでも眺めていたり、食べ物に気を使ったり。

妊娠時期ならではの楽しい夫婦模様を描かせていただき、とっても楽しかったです。

どうか、皆さんにも楽しんでいただけますように！

普段は異世界恋愛を書くことが多いのですが、現代物ももっと書いていけたらいいなと思いました。


最後に、この場を借りてお礼をさせてください。

いつも応援してくださる読者の皆さん、本当にありがとうございます。こうしてスターツ出版文庫様より二冊目を出させていただけたのも皆様のお陰です。

そして、前作に引き続き素敵なイラストを描いてくださった條先生。作品に対していつも的確なコメントとアドバイスをくださる編集担当様。そして、スターツ出版文庫の関係者の皆様。本作に関わる全ての方に深く御礼申し上げます。

またいつかどこかでお会いできることを願って。

三沢ケイ

この物語はフィクションです。実在の人物、団体等とは一切関係がありません。

三沢ケイ先生へのファンレターのあて先
〒104-0031　東京都中央区京橋1-3-1　八重洲口大栄ビル7F
スターツ出版（株）書籍編集部 気付
三沢ケイ先生

今宵、狼神様の契約花嫁が身籠りまして

2022年4月28日　初版第1刷発行

著　者　三沢ケイ　

発 行 人　菊地修一
デザイン　カバー　北國ヤヨイ（ucai）
　　　　　フォーマット　西村弘美
発 行 所　スターツ出版株式会社
　　　　　〒104-0031
　　　　　東京都中央区京橋1-3-1　八重洲口大栄ビル7F
　　　　　出版マーケティンググループ　TEL 03-6202-0386
　　　　　（ご注文等に関するお問い合わせ）
　　　　　URL　https://starts-pub.jp/
印 刷 所　大日本印刷株式会社

Printed in Japan

ISBN　978-4-8137-1259-6　C0193